THE FERRYMAN

Xu Yangsheng

摆渡人

徐扬生 著

深圳出版社

逼上梁山

在美国读博士时有一年暑期我独自去欧洲旅行，正好中间
还有一次国际会议，所以时间老板也促成这般。首站是意大利罗马，
这几年我的时候历史书籍中得到许多的启示。那是一个炎热的夏季，我那天清晨
扔下简单的行李后就背着一个照相机出门。人家说罗马是个城市但那也纪事
全，所以我就到处走走想什么都带走些。

我沿着传说中的罗马斗兽场走过去一路上火车站傍逛哪哪，又阿尔卑
土黄色的斗兽场，仿佛就浮现出很多苍凉的历史往事。建筑也十分壮美，我
边走也拍摄这里古人的智慧，每到一处都会拍几张照片。尤其这里是我喜爱
的凯撒大帝出发征服欧洲的地方。我还幻想当时他穿戴的那个帽
子他走过我走在他当年所人武士的那个梦。

正当我走走也想着走长了的时候，我发现周围有几个人围着我。
那天的游客不多，他们为什么围着我呢？仔细他们要把我当日本人
去了。周围那时的日本人很多。日本人每人的胸前挂着一个照相机，我想
我好像他一样。正走那里去的时候，我不由心凉了凉我挂在胸口的袋。发现
大事不妙！我口袋里的所有东西不见了，有钱包，护照，机票，信件，所有的
都被他偷走了！我大吃一惊之余，回头了看即离高升我已经走远的那群
人。"肯定是这群盗贼走人干的"。我立即冲上去找他们，他们当然不让
气他们开口。

那是四个小伙子，大约在15～20岁之间，瘦瘦黑黑的皮肤，眼睛忽隆
翳人希

徐扬生手迹

序言（新）

《摆渡人》是在 2018 年春天出版的，是把我当时公众号里的一些散文随笔结集而成的一本小书，作为一份小礼物送给大学第一届毕业生。想不到，自出版以来，竟前后印了九次，其间许多书店还脱销了一段时间。这本书主要是为年轻学子，为这所大学的学生、校友、家长和刚入职的老师们写的，许多年轻的朋友都喜欢读。当然，这本书中的许多故事会让人回想起二十世纪七八十年代的生活，因而也有不少过来人读者。

其实，这是一本闲书，千万不要把它当作一本专著来认真阅读。每篇小文都是我偶然回忆起来的有趣的故事，或想到的一些感悟，茶余饭后，希望与年轻的朋友分享，不那么专业，不那么全面，也不那么完整，随便翻翻就行。

我的工作一直很忙,这些文章大多是在旅途中完成的,尤其是在机场的候机室里。候机本就烦闷,遇到飞机晚点更是如此,这种时候我就想,不如找一张僻静的小桌子,冲一杯茶,慢慢写一篇小文,既调剂了心情,打发了时间,还做了点"正功"……有人还认真"研究"过,我的公众号中这些小文发表的频率,常常与我所在的深圳机场的延误情况相关,真是很有趣!

《摆渡人》这一书名取自书中的一篇散文,是我当年下乡时经历的一个小故事。我们村是临江的,无论赶集、去开会还是进城,都要搭摆渡船。离开那个村后,我一路求学,之后做了一辈子老师,仔细想来,我其实做的也是"摆渡"的工作,每年把新的学生迎进来,毕业的时候再把他们送走,一批又一批。或许,每个人的人生都是如此,我们都曾被人摆渡过,我们也曾摆渡他人,就这样一代一代,生生不息,就像一条无形的纽带,推着生活往前行。

摆渡,说来很妙,是讲缘分的,各人有各人的渡口,各人有各人的渡舟,每个人都在渡有缘人,因而我们要珍惜摆渡的机缘。同时,摆渡也是有福的,能渡人家,或能被人家渡,都是你的福报,人生的幸福就在于被有缘人渡或渡有缘人。你说，活了一辈子，若是从未被人渡过，也从未渡过人，这能说是幸福的一生吗？

把人生中一次次摆渡的经历，那些不经意的、偶然的、无关功利的、美妙的瞬间，写出来与大家分享，就像路过莫奈的花园，随手把那正在绽放的花拍成照片，或者绘成画。一方面，让我们感悟了人生的美与爱，体味了惜福惜缘的智慧；另一方面，也表达了对一代代摆渡人的感恩之情，这或许就是出版这本小书的初衷所在。

我有时候想，这本小书很像我们村口的那棵大树。渡船总是在大树前靠岸，泊在那里等着客人。在大江对岸登船的时候，我们总能远远地望见对岸村口的那棵大树，雾大的时候看不清楚，要靠近了才能看到，渡江的人，只要看到它，心里就踏实，它是我们心中村子的方向坐标。坐在渡船上，常常觉得，这棵树好像在跟我们打招呼，招呼着我们给她带来了热闹与生机。摆渡的人感激她，她也感激摆渡的人。

这本小书如果没有我的秘书张若含女士的支持，是无法完成的，是她把我的手稿一字一字地录入电脑，再把许多错字和病句纠正过来。我也要感谢公众号里无数素不相识的朋友的热爱与支持，是你们无数人的点赞，鼓励着我完成了这本小书，完成了这个心愿。希望她像我们村口的那棵大树，每天招呼着摆渡人，感恩着摆渡人，并让摆渡人看到了来去的方向。

2024 年 2 月

目 录

先生的礼物 / 001
头未梳成不许看 / 008
飞机上的蚊子 / 014
从容 / 021
摆渡人 / 027
心灵的撼动 / 036
神奇的饺子 / 040
从火药到光纤 / 046
月光 / 052
旅人 / 058
迟到的感恩 / 066
莫高窟的智慧 / 073
兔猫世界 / 081
老人与牛 / 087
浪里白条 / 093
六块饼干 / 101
聪明的头脑和笨的精神 / 109

115 / 松而不懈

124 / 让手机歇会儿

130 / 守墓者

136 / 小师父

143 / 草原上的黄花菜

150 / 一个没挤上火车的人

158 / 冬日的太阳

164 / 神算王先生

171 / 粥

177 / 燕子归来时

185 / 逼上梁山

192 / 读无用书，做有趣人

200 / 共享

206 / 夏夜

212 / 一年十一天

218 / 无中生有

225 / 祖母的雨伞

234 / 藏在书里的酱油

242 / 劈柴的学问

250 / 野百合也有春天

257 / 拍手

先生的礼物

周先生是我家的世交，两家的交情自祖辈那里一直延续下来。他是我父亲的启蒙老师，我们家乡管这叫作"开笔先生"。周先生学贯中西，谈吐儒雅，是我们都很敬重的长者。在我小的时候，周先生已是七十来岁的老人了，那时正值"文革"后期，抄家动乱之后，他倒还平安清静，仍旧读书种花。我那时因为学校时常停课，就常去周先生家里闲坐，受了他不少教诲。从某种意义上来说，他也是我的"开笔先生"。

周先生，高高的个子，常穿深灰色的长衫、戴黑色的圆帽，总是坐在客厅八仙桌左边的椅子上，慈眉善目、和蔼可亲。周家有很多古书，都放在里屋。黑乎乎的屋子里，地上堆叠着比人还高的书，明显是从什么地方搬来堆放在这里的，可能大部分已经被烧掉了，而这些有幸被保存下来，里面有线装书、碑帖和手写书。我曾在那里看到许多像邓石如、董其昌、赵之谦等书画家的墨迹，这在很大程度上影响了我日后在书法方面的兴趣爱好。我在那里也看到了王阳明、顾亭林等人的著作，亦对我影响很深。

周先生知识渊博，又风趣幽默，所以我特别喜欢跟他交谈。他讲话常常旁征博引、妙语连珠，总能使听的人心悦诚服，即便是一个枯燥的题目，他也能讲出一个极为风趣的小故事，既生动有趣又容易理解，让人在开怀大笑之余有所领悟。听他讲话，你会顿觉海阔天空、心平气和，简直是一种享受。那个年代，世道动乱，周先生的处境也很艰难，但他依然是那么乐观风趣，总是鼓励我从远看，从长计，要有耐心。这种奋发向上的积极的人生态度，现在想来，愈发觉得弥足珍贵。

从周先生那里我还学到一些育人的基本道理。比如，我当时可能还不到十岁，但他对我讲话就像面对一位成年人一样，从来不把我当小孩子看，讲的内容也多数是大人的事，很多我都听不懂，但他总耐心地讲，好像也明白我不会马上理解，但往后慢慢会领悟。这使我从小就有一种"少年老成"的感觉。记得上小学时，有一次全校聚会，校长在台上念了

一篇文章,并夸赞这文章写得如何之好。讲到最后,校长问道,你们知道这篇文章的作者是谁吗,他就在我们中间,然后他指了指我。散会后,一位老师拉住我问,"这篇文章是你写的吗?你爸爸没有帮你吗?怎么好像是一个大人写的呢?"我说,"真的是我自己写的。"可见我小时候就有点"老气横秋"的样子。

那年我十六岁,正处"文革"后期。高中刚毕业,马上要去乡村支农,第一次离开家,离开城市,去一个从未了解的乡村独立生活,与一群素不相识的农民放牛种田。看着在火车站月台上挥泪送别的人群,心里不免有点惆怅悲凉。离开城里的前一天,我去向周先生告别。显然,他早已知道我要离开。他拿出一双崭新的草绿色解放鞋作为临别礼物送给我。他知道球鞋会很有用,尽管这在当时是很贵重的礼物,大概要三元一双,要知道那时十元钱可以很好地过一个月生活。在这之后的三年里,人们常常看到我肩上挂着一双解放鞋,很多人问:"怎么有鞋不穿而挂在肩上呢?"我总是笑而不答。其实,我是舍不得穿,那时候我们每天要走五六个小时的路,多的时候有十几个小时,几次下来,鞋底就会磨破,所以要非常节约,必要时才穿那双鞋。

先生的礼物

周先生似乎看出我对未来的怅然,让我坐在他身边,慢慢对我说:"人生很多事,其实不用多想。你进入人生就像进入一间黑屋,第一个动作是去拉门旁边的电灯开关(那时候的电灯开关是拉绳的)。一拉,电灯就亮了,人生也就光明了。你不用去想电线是怎么装的,有人已经把电线装好了,无非你看不见罢了。"然后,他让我抬头看看屋顶两旁,"你能看到电线是怎么装的吗?你看不到,也无需看。你需要做的事就是亲手把开关拉开。"接着他又说,"但这恰恰是最重要的,这开关是一定要你自己去拉的,没有任何人会来帮你拉这个开关。所以,要勇敢地迈出去,去拉开关,不用去管电线。"

我那时似懂非懂,只觉得听了他的话,少了一些彷徨和惆怅,多了几分乐观和勇气。在往后的岁月里,我愈发感到那些话语的分量。每当面对困难,我都会想到周先生那些话。它能让我顿时安静下来,大胆起来,不顾得失,不顾困难,但事耕耘,不问收获。

真是十分神奇!当你面对困难、面对挑战、举棋不定、信心不足时,那些话使你勇敢起来,听从内心的呼唤,放胆直面挑战,不怯不惧;而当你过于自信,感觉自己胜券在握时,那些话又让你冷静下来,想到凡事自有定数,不必过于在乎结果;当你面临一场考试、一次晋级、一件重大事件而过于紧张时,那些话让你放松下来,只要做好自己的那份工作就行了,其他不用管,也管不了;而当你过于放松,甚至懒惰而不思进取时,那些话又来提醒你,要记得去拉你的那盏"电灯",因为你不拉,没有人可以帮你;当你成功而受到人们嘉许时,那些话让你想到你的成功有赖于人们一直在幕后的支持与帮助,你应该感激那些"装电线"的人;而当你失败时,那些话却又让你感到心中无愧,你已经尽了自己的努力,不必过于执着一时之得失。

世界就像一棵纵横交错的参天大树,我们的一生,不过是一只飞进大树上里的小鸟。我们来前,大树已经在了,我们走后,大树依然在那里。我们一生中有很多事情是无法预见的,就像小鸟不会知道大树为什么会在春天绿叶成荫,而在秋天枯叶满地。但我们还是要努力好好做人,我们努力的目的,就像小鸟对大树一样,不在于改造大树,而在于为大树带来生机、带来活力,这种生机和活力使我们有耐心在寒冬里等待着春天的到来。

这就是周先生在我下乡前送给我的两件礼物:一双解放鞋和一番拉电灯开关的理论。一件是物质的,一件是精神的,这是我一辈子收到的最好的礼物。

遗憾的是我竟然没有说过一句"谢谢"。

世上有两种人很难得：一种是"聪明而厚道"的人，聪明的人不少，但有的刻薄，有的自私，聪明而厚道的人不多；一种是"高贵而平和"的人，高贵者本就少有，即便有，也大多孤僻，或者傲慢，平和的人居少。周先生集上述品质于一身，极为难得。遇见他，是我今生的幸运。

就是这样一个初夏的雨天，周先生家里那方古朴天井里的花正开得鲜艳，先生就站在那些花旁向我微笑，挥手作别。如今，我只能盼望在梦中见到久违的周先生了。

头未梳成不许看

清代杭州有位诗人叫袁枚,曾经写过一首诗,名为《遣兴》:

> 爱好由来落笔难,
> 一诗千改始心安。
> 阿婆还是初笄女,
> 头未梳成不许看。

袁枚这里讲到的老婆婆梳头,我小时候是经常看到的,我祖母就是梳这种江南老太太惯有的圆形发髻(不知其学名)。小朋友们家里的老太太们都是这样,头发光亮光亮的,一根都不乱。有时候早上去找小朋友玩,老太太总是在楼上,

头未梳成不许看

我们在楼下,我问:"你奶奶怎么不下楼来呢?"我朋友回答:"她在楼上梳头,头没有梳好是不会下楼的。"梳头,对江南的老太太来说是一种庄重尊贵的仪式,来不得半点马虎。

袁枚用梳头比喻写诗写文章,十分贴切。无论中文还是英文,无论科技论文还是文艺作品,好的文章,一般是经过反复修改后才变得凝练。所以,写文章没有什么学问,就是"改""再改""再改改"……一个好的写作习惯就是,写完文章后,把它放在抽屉里,耐心地搁一阵。有时候,你晚上写文章,感觉极好,心想不如明天一早就去发表,但到第二天早上一看,处处都是疑问和不足,心想,哎呀,幸亏昨天没有拿出去给人看,否则多难为情!所以,我对学生讲,尽量不要与别人分享未完成的作品,要像江南老太太梳头一样,一丝不苟,头未梳成,绝不让你看。

写文章一定要有"头未梳成不许看"的精神。古人讲"善作不如善改"就是这个道理。正如袁枚诗中所写,阿婆估计也已梳过几千遍头了吧,否则,怎么做"阿婆"?但她每次梳头都当作初次梳头那样认真,没有梳成,没有梳到自己满意的状态,她是轻易不下楼、不许人看的。这是一种精神,认真严格的精神,也是一种尊严,既尊重别人又尊重自己。

有一次，一位博士生写了一篇论文，很长，我改了几天，虽然还不错，但总觉得不想马上寄出去发表，于是就放在抽屉里。这位学生心很急，老是来问："教授，能否寄出去发表？"我说等一等吧。再过了一阵，这位学生拿了两页纸来，说这是新的研究结果。我一看，发现非常好，同样的问题用非常简单的方法解决了，于是就建议拿这两页纸的论文代替那篇长文发表，他也非常高兴。此事说明，有时候，写文章是需要等一等、搁一搁，让时间过滤一下、检验一下，再拿出去发表的。

据说十九世纪法国作家莫泊桑在未成名前，带着一篇文章去见当时已经成名的作家福楼拜，一进书房，看到福楼拜桌子上有厚厚的文稿，奇怪的是每页纸只有一行，其余九行是空白的。莫泊桑问："您这不是太浪费纸张了吗？"福楼拜说："亲爱的，我一直这样，其余九行是留着修改用的，不会浪费。"莫泊桑听了都不敢把文章拿出来，立即回家，赶紧修改。后来，莫泊桑成了法国的著名作家。我也看过不少他的短篇小说。

其实，修改自己的文章本身就是一种做学问的方式。对自己的作业、作品"改错"是一种重要的功夫。学会了这种功夫，就会养成严谨的作风，不仅对做学问，对其他工作也是终生有益的。

家乡有一位先生，你给他看作业，他只告诉你有没有错，但不会告诉你错在哪里。他会笑眯眯地对你说："今天作业做得不错，还有点小错误，自己去查查，看错在哪里。"这对一位小学生来说其实很难，有时会把对的改成错的。就这样一遍一遍地修改，那时是多么希望老师能告诉你错在哪里！然而，他就是不告诉你。

"自我找错"这个方法非常有意义。一方面，自己找到的错误，印象深刻，可使自己不会再犯，这与人家为你找到的错误不一样，得之易者，失之亦易；另一方面，让自己养成一个习惯，时时处处查找自己的不足。在学校里，有老师给你的作业打叉打钩，你离开学校参加工作后，是没有人给你打对错的，你需要自己有悟性，找出自己错在哪里，从而纠正自己的错误。

"自我找错"为什么会那么难呢？一方面是由于错误往往与真理差别不大。泰戈尔说过："错误是真理的邻居，因此它欺骗了我们。"在文章中，有时候多写或少写了一句话，整篇文章就会差之千里。正因为如此，严谨对于一个人来说是何

等重要。另一方面，人有一个奇妙的特性，喜欢把自己的错误缩小，而把别人的错误放大。因此，人们会把前面所述的本来已经很小的差别，自动缩小到根本找不到的程度。也正因为如此，在这个世界上，随处可见许多愚钝的人能够敏锐地发现别人的过错，而许多聪明的朋友却永远发现不了自己有哪怕多么明显的错误。

很多年以前，有一位香港朋友在闲聊中问我："修行是什么？"我觉得很难回答。大家都说"人生就是一次修行"，然而，修行究竟是什么？我现在粗粗地看，人的修行大概就是不断地自我找错、不断纠正、不断完善自己的过程。这里有两重意思：第一，每个人都不是完美的，但可以努力纠正自己的不良习惯，不断提升自己的内涵，使自己在离开这个世界的时候，比初来到这个世界的那个自己更加完美一点；第二，这种完善的过程，只能靠自己，不能靠别人，要靠自己去悟，靠自己去学。这两重意思与江南老太太那种不断梳头、不断照镜子，头未梳成不许人看的精神，是一致的。

飞机上的蚊子

某次从香港飞往旧金山,那天的航班在傍晚,天气极为闷热。经过漫长的安检之后,终于登机,客舱凉风习习,顿觉舒畅。拿过服务员送来的报纸开始阅读时,我突然发现身边有一只蚊子!哪来的蚊子?飞机上居然有蚊子!赶来赶去,这只蚊子却还精神抖擞,根本赶不走它。

飞机的窗是打不开的。我想这下可惨了!这只蚊子大有可能要陪我们度过一个晚上了!不幸啊!不知是谁把它带上来的,使它可能再也无法飞回自由的天空。它也是幸运的,不用买票就可去美国免费旅行一趟,更何况有那么多来自世界各地乘客的"佳肴"供它享用。

然而,我进一步想,这只蚊子到了美国之后怎么办?一般情况下,它还是会找不到出口,极有可能它得乘原飞机返回。哎呀！好不容易出了一回国，也无法到外面去看一下就回来了！

正当我在想这只蚊子的时候，电话来了！我一看是一位久不通信的老同学，立即接通。这位老兄，我上次见到他还是在二十年前，在美国东部的一座城市，平时也不常打电话。我匆匆回复他，因为我知道飞机要起飞了，电话应该关了。

起飞很平稳，我的思路还在那位老兄身上。前次见他是他来美国做访问学者期间，两年期满，即将回国。他说，在美国这两年纯属浪费时间，每天在家看论文、编程序、做研究，导师一年中也见不了几次。我说："你至少英语有点长进吧！"他说："哪里有啊！我每天最多给送外卖的打电话，能讲上一两句英语，根本见不到人，我的英文还是原来在国内的大学里学的那些。"

"嗡……"那只该死的蚊子又来了！我在不停地赶蚊子的时候，顿然悟到，我那位朋友在美国两年的访问经历，倒很像这只蚊子，表面上是出国了，"物理意义"上也已经去了美国，但事实上，他哪儿也没去，等于在原地。

仔细想来，其实我们大多数人在这个世界上也都有同样的经历，表面上去过很多地方，看过很多东西，也读过很多书,但实际上根本没有体验过真切的生活!就拿我自己来说,曾在杭州住过八年,到美国后,人家问我,杭州菜有哪些?我当时一句话也说不上来。因为我在杭州住了八年,吃了八年食堂,我所知道的也不过是大块肉、炒青菜,最多还有红烧狮子头。况且,食堂做菜的师傅可能也未必是杭州人,我根本没有机会尝过真正的杭州菜。又比如,我去东京不下几十次,但都是"三点往返",从机场到开会的地方和附近的酒店,我甚至从不看东京的地图,最多坐坐新干线,根本不知道东京是什么模样!我这种状态,实非个例,恐怕大多数人都有同样的经历。

朋友,请回想一下,人生至今,你体验了多少真切的生活?

体验真切的生活,在这个世界上是一种奢侈。上帝看我们这些人,可能跟我们看飞机上的这只蚊子一样,觉得怪可怜的。让你们去了一趟地球,做了一回人,到最后什么都没有体验到!

其实也不是我们不想有真切的体验,只是没有机会。现代文明和社会的严格分工基本规定了每个人生下来后的生存空间,而人的一生又很短暂,冲破这种规定的空间又很难,这使得大多数人习惯了在规定的框框里工作生活,不愿意冲

破这个框框去体验真实的生活。所以卢梭说："人，生而自由，却都生活在枷锁中。"

就像你去星巴克，服务生会告诉你有什么咖啡、有什么饼干，你只能在这些东西里挑选。你如果想喝乌龙茶，想喝小米粥呢，对不起，在这里是不可能的。很少有人会决定离开星巴克，去寻找乌龙茶和小米粥。因为人们习惯了在这些有限选择所构成的空间里生活，这些有限的选择，构成了一种"边界"，使我们只能在封闭的空间里做一点少得可怜的选择与体验。人们变得越来越善于妥协，善于适应，安于现状，圆滑世故。生活上如此，思想上也是如此。

所以，人，在这个世界上匆匆度过一生，其实很可怜，所能选择和体验的，也无非像那只飞机上的蚊子，是到飞机前边去咬头等舱的乘客呢，还是去后边咬坐经济舱的乘客？

当然，也有极少数的勇者，他们会无畏地撞破这个框框，哪怕撞得头破血流也要冲出这个局限的空间，去体验生活，去追求自由。就像这只飞机上的蚊子，如果它真能鼓起足够的勇气坚持寻找出路，宁愿冲出去而死，不愿留在机上而生，也说不定能在飞机停留的时候，冲出机舱，呼吸到自由的空气。

蚊子那种勇于冲出机舱去体验生活的追求，在我看来，就是真正意义上的"创新"。创新是什么？创新就是勇敢地摒弃平庸、打破习俗、奋力冲破思想的枷锁、追求自由和创意的精神。

创新是一株长在悬崖上的海棠，是为有勇气的人开放的。为什么勇气对现今的世界格外重要？因为我们这个社会一直在过度奖励那些小心翼翼的价值观，对任何事情都患得患失。我们不是在追求成功，而是因为我们害怕失败。我们怕犯错，怕失去社会的尊重，因而回避挑战，选择舒适与安逸，从而失去了在犯错后更好地认识自己、使自己更加完整、更加强大的机会。这样，我们也失去许多创新的机会，对新技术的产生是如此，对新思想的发源也是如此。

人生就像一段阶梯，一步步地走在人家已经设计好的台阶上。从小学开始，学习、考试——考呀考，考到初中；考呀考，考到高中；然后，就是万人必过的独木桥——高考，按自己的高考成绩，在很窄的范围内选择一所大学；再读四年书，毕业后可以继续深造或者就走上社会；接着开始烦恼工作问题、房子问题、家庭问题、子女问题和名利问题。一晃突然发觉自己已经老了，发觉自己一直走着人家的路，看着人家的眼色，做着人家的事，没有自己真正的生活。我母亲退休前曾给我打了一个电话,那时我在美国,她说:"我觉得做人才刚刚开始,怎么都快结束了?"

人的一生很短,蚊子的一生更短,与地球的寿命相比,都是可以忽略不计的。珍惜生命吧!把自己的生命淋漓尽致地燃烧起来,趁年轻,无所惧,去体验,去创造,去追逐自己的梦想!

从容

小时候听老人讲过一个小故事：从前有个书生去赶考，带着一个书童，书童挑着一担捆好的书籍，两人匆匆赶路。眼看已是黄昏时分，想到城门关门的时间可能快到了，心里很急。恰遇一位老农，于是问他："城门不知何时关，今天还赶得到吗？"老农看了看这两人，说道："慢慢走，你们可能还赶得上。"书生不知其所云，怎么会慢慢走还能赶得上？想不明白，且不理他，径自催着书童。"咱们快快赶路，今天一定得赶上。"转眼间，已能看到城门了，书生又催："快点走啊！"不料，书童一不留心，摔倒在地，担上的书本散得满地都是。书生大吃一惊，只好一起把书籍捡起来，重新捆好。当可以重新上路时，发现城门已经关了！

书生突然想起老农那句话："慢慢走，你们可能还赶得上。"

世上的事大凡如此，每天有很多急事，都想快快把它办了，结果呢，忙中常常出错，最后反而误事，要用更多的时间把它纠正过来。所以，"急事要缓办"，急事切忌急办，大部分错误都是在急急匆匆、慌慌忙忙中造成的。而事实上，任何事情都是可以延缓的。只要用一种从容的态度，处理好心情，再去处理事情，事情才会有效而无误地处理好。

"急事要缓办"。然而，从另一面讲，"缓事要急办"。因为，任何"缓事"，如果我们不抓紧去完成，"缓事"一下子就变成了"急事"。每个人都是有惰性的！想到这份作业反正要几天后才交，可以慢慢来，就拖着不做。等交作业的时间快到时，心里着急了，急急忙忙赶着完成，质量效果通常不好。反之，如果你现在有时间，为什么不在当下把它做好呢？只有这样，你才能心有余闲，才能从从容容。

从容的人，能对付"急"，也能对付"忙"。

现代人都很忙，所以，从容地生活和工作就格外重要。我每天听到身边的人说"忙死了"，好像不说自己忙，就显得自己不重要。其实我看"忙"的主要原因有两条：一是事情太多。我们要处理的事情确实比以前要多得多。我看如果蔡元培、竺可桢来做今天的大学校长，可能也吃不消。一个大学校长要处理的事情太多了，其他行业也是如此。二是诱惑太多。网上的资料信息原来再多钱也买不到，现在却都是免费的。五花八门的诱惑，足可以把你的时间精力彻底耗掉。

治"忙"，一是要挑重要的做。人的一生很短，能做的事不多，做了这件事，可能就做不了另一件事。遇事要经常想，我能不能不做那件事？二是面对太多的诱惑，要有定力。心若已定，风又奈何。佛学所讲的"戒""定""慧"，我以为"定"是最难的。

如果我们晚上先玩一会儿手机，上网聊会儿天，不知不觉就到了九点多，忽然想起还有很多作业要完成，赶忙做作业，到半夜仍未完成，于是埋怨功课太紧，时间太少，其原因还是没有挑重要的事先做。做事的顺序不同，效果就不同。

使我们没那么从容的另一个原因是"怕"。我们每天有太多的担心，使我们每时每刻都充满了紧张、焦虑、不安和恐惧。学校里学生怕，老师也怕。公司里老板怕，员工也怕。股市中，上去了要怕，下来了也要怕。有时候我想，人是否担心害怕的太多了！你看，鱼儿每天在池里从容地游着，鸟儿每天在树上从容地唱着，尽管它们吃了这顿还不知下一顿在哪里！

摆渡人

这个社会竞争太多,要不怕也难,但"怕"也没用!还是把坏的结果都想想吧。"大不了这些坏结果都出现了,那又怎样?"这样,你就会坦然起来。另外,对某些事的不熟悉也会让自己产生压力。比如说,你怕老师提问,你就每天坚持坐在第一排,每当老师问问题,你就举手抢先回答,几次下来后,你会觉得没那么可怕了,老师也懒得再来问你了。

从容就要克服"怕""急""忙"这三条。其实,古人造字时,好像就想告诉我们,这三条对我们很不利。你看"怕"字,你的"心"都害怕得变"白"了!看"急"字,你的"心"皱褶破裂了!看"忙"字,你的"心"已经死"亡"了!多可怕!这从反面说明,养成从容这个习惯的重要性。

当然,人有生老病死、悲欢离合,做到完全从容很难。但如果我们能努力让从容成为我们的习惯,体现在我们处事、为人、谈吐、举止、衣着和生活上,那对我们一生都是受用的。

我的中学时代正处于"文革"后期。有一天,下午放学时分,在校园里遇到一位教英文的老教师,虽不曾给我们上过课,但我认识他。他穿着一套干净的西装,脚穿皮鞋,头发梳得整整齐齐。我跟他打招呼,"老师去哪里?""今晚他们要批斗我。"我吃了一惊,不禁问:"那你怎么穿得这么整

齐呢?"

他慢吞吞地说了一句话:"做人,要有人的样子。干干净净,从从容容。"

他走过后,我回头看了看这个消失在暮色里的老先生的背影,忽然萌生一种敬意。"干干净净,从从容容",说得真好!在内在外,都应如此!

摆渡人

我下乡在一个临大江的小村,江的对岸是一个小镇。如果要出行必须从小镇出发步行几里路才能找到车站。小镇又是公社的所在地,这在当时是农村最基层的权力机构,因此有很多的会议在那里举行。这样,小镇就成了周边很多村庄的活动中心,虽然小镇其实就是一条只有几家店铺的小街,但当时还是挺热闹的。

从村里到小镇去,中间隔着一条大江,当时没有桥,必须靠摆渡。摆渡人是我们村的一位老人,他每天的工作就是摆渡,计我们村的工分。因为日晒雨淋、日夜兼备、工作辛苦,村里允许他对每位渡河者收费两分。这位摆渡人,大家都叫他S叔,个子较高,有点驼背,人还是挺壮实的,细细的眼睛,脸上没有表情,比较沉默寡言,常常是在他船上和他讲不过一两句话，即使他同你说话，眼睛也是看着大江，望着远处，一副对人爱理不理的样子。S叔总穿着一件黑色的旧棉衣，可能是因为年岁较大，或者是因为渡口的风紧，他总是穿得比别人要厚一点，特别的是，他腰上总还系一条红花的围裙，有点像人家主妇烧菜时用的那种短的围裙。这围裙显然不是他自己的，不知是从哪里拿来凑合着用的，渡口的风大，把身上近肚子的部位紧紧围住，是挡风的一个好办法。我在下乡时也是深知其中的道理，只是这个红花围裙与S叔那副木然的老农样子，似乎很不相配。

S叔有个儿子，年纪比我大几岁，长得高大壮实，脸长得与他父亲很像，细细的眼睛，但比他父亲开朗多了，常常笑眯眯的。他儿子有时也会来替他父亲摆渡，坐在他儿子的船上，大家的话就多一点，一般总是这样一句话开始，"今天你替你爸爸来了！""是啊，让他歇会儿。"他儿子有一只小小的收音机，这在当时是很珍贵的东西，质量不是太好，找过我几次，让我帮他简单地修一下。

时间一久，我才知道他母亲在他很小的时候就过世了，所以S叔既当爹又当妈把儿子拉扯长大，确实很不容易。因为很早就丧妻，生活又那么艰辛，所以S叔的表情总是很木

摆渡人

然。但他又是很有善心的人,我遇到过几次,当人们都围在渡口争先恐后地想要上船的时候,他总是一脸严肃地说:"小孩和妇女先坐船。"这种时候,即使有村干部在等,他也是不留情面的。他还有一个特点,就是总能记住村里哪个人今天渡船去小镇了晚上还没有回村,哪怕再晚,他总会在那里等着。

有一天,早春季节,田野里的油菜花已经开了,我从公社开会回村,走着走着天就黑了。村里的人睡觉很早,从江的对岸向村里方向远远望过去,黑压压的像一片坟地,看不到一丝灯光。风很大,我想今天糟糕了,这么晚了,如果没有渡船我可回不了村了。到岸边一看,那个方头的渡船还在,斜漂在水面上,很像"野渡无人舟自横"的样子。S叔不在船上,我心里有点慌,我想他或许不知道我会回来。再一想,渡船在,说明摆渡人应该在的。等了一会儿,S叔走过来了,我赶忙谢谢他,他也不说什么,让我上船后,他就开始撑船。

那天晚上的风实在太大了,摇了十几分钟,船驶出大概几十米的光景,整个船就原地打转,几乎不前,根本摇不动了。而且因为浪很大,我无法坐稳,站着更加不行,于是就爬到S叔旁边,蹲着。他身旁的那盏风雨灯,也被吹灭了。

一个大浪过来,整个船就像要翻倒一样。S叔紧紧抓住我,低声说了一句:"没事,坐稳。"再过了十来分钟,他紧锁着眉头,说:"咱们回去吧。"意思是不要强行过江,我当然只能听他的。好不容易回到原先的岸边,把船绳系在岸边的大石头上,我俩坐在渡口的茅草房里,S叔重新点亮了风雨灯,开始抽烟了,我静静地坐在他身旁。

他是个不爱说话的人,我们俩就这么静静地坐着。我说:"这两天看不到你儿子,他上哪去了?"他没有吭声,过了一会儿说:"你可能不知道,他去邻村'进锁'了。""进锁"在绍兴话里指的是过女方的门,做上门女婿的意思。"啊!他结婚了?!"我由衷地为他们高兴。S叔表情依旧木然,没有喜气,淡淡地说:"以后就不来了,渡船很辛苦,那个村里生活好一点。"再后来,他有点感慨地说:"我这里就像渡船,他妈妈十二年前过世,我把他拉扯长大,现在给他送上岸了,有好的地方去了,也了了我的心愿。"

我突然明白了S叔悲凉的心情,也找不出什么话跟他说。那个时候,我很想递给他一支烟抽,但我身上没有烟,我是不抽烟的。

过了许久,风小下来了,但雨下得很大,S叔从茅屋里拿

出一件蓑衣，应该是他儿子平常穿的，他让我穿上，我们就慢慢地摇着船，回村里去了。

后来，我去外村教书，偶尔回村时还会坐S叔的船，但再也没有见到过他儿子。

其实，现在想来，人生很像摆渡，我们的一生中要经过很多次的摆渡。起初，家就是我们的渡船，父母把我们接上船，拼命地抵挡着风雨，把我们送到对岸。后来，学校成了我们的渡船，老师把我们接上船，从一个个不懂世事的毛头小子蜕变成知书达理的成年人，把我们送到称之为"社会"的岸边。我们的父母、老师、朋友、上司甚至是路人，都可能是我们某一段重要旅途中的摆渡人。

每个人在自己的一生中都会遇到无数个摆渡人，同时，也会为无数个其他人摆渡。这个摆渡的过程，就像一条纽带，一环接着一环，生生不息，随同时代的潮流，一直向前走去。

是的，我们的家，是最早的，也是最重要的"渡船"。父母含辛茹苦把我们培养成人，再送我们上大学，从此回家变成了偶尔的探亲。我自己就是这样，上大学之后，回老家的次数愈来愈少。后来到了大洋彼岸，那时交通不便，回家更是难得。到后来，每次我回到老家，见到父母，他们的第一句话总是:"你什么时候走?"这句话听上去很平常,其实很难回答。我知道他们不愿听到我真实的回答,即使我明天要走,也不能这么说,但我也不能骗他们,所以,很是为难,总是支支吾吾,想办法把问题答得含糊一点。有人说,当两个人一见面就担心要分别的时候,说明这两个人可能已经爱上了。我父母对我就是这样的,他们总担心我要走,好不容易盼到见面的一天,又要走了!

再过两个月,就到了大学一年一度的毕业季。第一届本科生就要离开学校了。这批学生,因为是"黄埔一期",所以感情就格外深。我几乎都知道他们从哪里来,现在怎么样。他们每一个人的档案都在我办公桌左边,四年没有放回过抽屉,因为我要时不时地看看同学们的状况。现在,他们很快就要毕业了。前两天,在校园里见到一位同学,她在老远的地方就同我打招呼,我看到她都快认不出来了。我还记得她来报到时的样子,碎红花的衣服,旁边跟着一大群人。我问她,"这些都是什么人?"她有点受惊吓,都不回答我的话,后来才知道,那是她的爸爸、妈妈、奶奶和小弟弟。一看就知道这是个农村家庭,是坐了十几个小时的火车过来的。把这位同学送到我们这样的大学,当然是家里的一件大事。我记得她爸爸对我说:"我把孩子交给你了。"

是的,他们的渡船已经到岸了,这孩子坐上了我们的渡船。

时间过得真快,现在这位同学就要毕业了。我问这位同学的去向,她说她已被一所美国的和一所英国的著名高校录取为研究生。我心里着实为她高兴,我问她:"你什么时候走?"

当我说这句话的时候,心里不禁"哎呀"一声,这句话怎么这么熟悉?怎么现在就到了我说这句话的时候了?

朋友,你别笑,每个人都有这个时候。因为,我们每个人都坐过别人的渡船,同时也为别人撑过渡船。

也许,从整体讲,人生就是一次摆渡,大家挤在一条渡船上,有时欢笑,有时争吵,不一会儿,到对岸了,大家都匆匆忙忙上岸各奔东西,走自己的路去了。

人的生命是有限的,就像摆渡的时间是有限的一样。没有永恒,但我们可以有追求永恒的态度,正像大江口的渡船,一代代的摆渡人。感恩每一位渡过我们的人,再努力地去渡别人。渡船,渡人,生生不息,这就是人间追求永恒的尺度。

我现在还记得我最后一次坐 S 叔的渡船的情景。那是一个早晨,送我的一批农友早早地把我的行李铺盖搬到渡口,上了船后,S叔问我:"今天就走了?"我说:"是。"到岸后我给了他两分钱做船费,并向他道谢,谁知他一直不肯收。我知道S叔是全村公认的小气鬼,村民们说他平常不肯接人家一支烟,就怕村民们借此不付他的船费。我知道这船费对他来说特别重要,所以,我想还是应该付他。然而,这回他可是死命不肯收我的钱,来回争了好几次,最后我也只好顺着他了。

我背起行李,离开渡口,回头望了望对岸我的那个村庄,缕缕炊烟从村子里黑黑的屋顶上萦绕在半空,跟云彩连成一片。我又看了看S叔,他站在方头的渡船上,还是穿着那些黑色的棉衣裤,腰上围着那块红花的小围裙,一手护着船橹,一手挥动着他竹编的帽子,在与我道别。

心灵的撼动

有一次,一位记者问我:"你一生中最好的老师是谁?"我想了想,立即就告诉了她。回家后,我仔细想想,那位我认为最好的老师,到底教了我什么呢?好像很难说清楚。其实,每个人的心里都可能会有一位最好的老师,虽然说不太清楚这位老师到底教了我们什么,但既然我们坚信他是我们一生中最好的老师,那一定是有原因的。

是什么原因呢?或许是这位老师在某个特定的时间空间里,撼动了我们的心灵,就像风吹动一簇树叶一样。

我的一位中学老师给我讲过他的一位老师的故事。那位老师姓夏,是浙师的国文老师,与他们一起住宿,兼任舍监。有一天,同室的同学发现自己的钱包丢了,继而发现是室友偷的,于是,就跑到夏老师那里,请求他去宿舍把钱包拿回来。夏老师心想,制止这种偷窃行为是他的责任,但同时也要尊重每一位学生,在教育他们具有诚实品性的同时,也要教给他们尊重他人的原则。

几番思考之后,夏老师在校门口贴了一张告示,告诉全校的学生,学校今天发生了这么一件不幸的事,我作为舍监是有责任的,所以我决定,从现在开始不进食,直到这位同学亲自到我办公室来认错。中午过去了,没人过来自认,夏老师没吃午饭。晚饭时分,这位同学来到夏老师办公室,含泪对夏老师说,他做错了。夏老师就这样安安静静地挽救了一位学生的心灵,也教育了其他同学,对人对事要抱有诚实负责的态度。

所以,你一辈子最好的老师,不一定是教你多少课本上的知识,或是讲课有多么好的老师,而是那位撼动你心灵的人。

古人讲"指引者,师之功也"。学校就应该是教学生如何做人的地方。但不幸的是,现在的学校,主要是灌输专业知识,很少教学生如何做人。这是因为当下的社会在用非常狭隘的功利标准来衡量学校的教育。我们只关注学校的排名、招生分数的高低、毕业生的就业率以及学校有多少位院士教

授,哪有时间让学生有充分的时间去体验、去思考,去点燃心灵的火种,去开发自己的心智。

爱因斯坦说过:"我反对把学校看作直接传授专门知识以及在以后生活中直接有用的技能的那种观点……学校始终应当把发展独立思考和独立判断的一般能力放在首位,而不应当把取得专门知识放在首位。"学校应该教授专业知识,但我认为除了专业知识以外,还应该教育学生如何做人,包括下面几个方面:

第一,学校应该培养学生独立思辨的精神。没有独立思辨精神,何来创新科技?到最后我们培养的学生最多只能做一个好的追随者(good follower),而不是一名站在前沿的领导者(leader)。

第二,学校应该培养学生与人相处的能力。因为现在的教育缺乏这种培养环节,许多毕业生走向社会之后,无所适从、不合群、不擅沟通、不会协调,更不能宽宏对待他人。

第三,学校应该培养学生追求真理与正义的精神。学校所培养的不仅是一个"专家",更是一名对社会有担当的"知识分子",应该是有理想而肩负天下道义之人。古人讲"士志于道,而耻恶衣恶食者,未足与议也"。

第四,学校应该培养学生丰实的情操和对美的欣赏。现在的中学教育都偏重于数学、语文和外语,因为那是高考所需。哪个学校或家长敢跳出这个紧箍咒?但从前的中小学,有时把音乐、美术看得比语文、算术还重要。缺乏对美的欣赏,会导致情志身心上的问题,对学生的成长和社会的发展都不利。

我深深地期望我们的学校能够教学生如何做人,希望我们的学校多点像夏老师这样的老师。只有这样,孩子们的心灵才能被撼动,就像轻风吹动着一棵棵大树,像阳光照在冬天的冰湖上,闪闪发光。

神奇的饺子

有位内地朋友,年纪长我十几岁,但其精力远远超过我,从前做科研工作做得有声有色,后来从政也是风风火火,讲话时一连几十个数据,还能精确到小数点后二位,打网球可以打两个小时,中午请人吃饭可以同时招待几个房间的客人,同时与几十人喝酒,午餐后照样可以作一两个小时的主题报告,没有一点倦意。

我总是纳闷,他哪来这么旺盛的精力?有一次,机会终于来了,他与夫人一起参加一场宴会,我坐在他夫人旁边,待他走开时,我悄悄问他夫人:"这位老兄精力怎么会这么旺盛呢?他平时有什么保养秘诀吗?"他夫人回答道:"秘诀倒是没有,不过,他爱吃饺子。"原来,他是北方人,一辈子只吃饺子,家里、食堂里吃的都是饺子。

神奇的饺子

饺子有这么神奇吗？为什么？很简单，它把肉、菜用面皮子都包在一起混着吃。因为"混"(mixed)，所以营养好，同时，也是因为"混"，所以易消化。我儿子小时候刚从美国回来，问过我一个问题："中国人吃饭为什么要吃一口菜，再吃一口饭？为什么不能把菜都吃完，再吃饭，一口气把饭都吃完？"我听后也不知道该怎么回答，可能他是在与美国人吃饭的顺序做比较。美国人吃饭是先面包，再喝汤，色拉，再上主菜，最后甜品。他们是"串联"的，我们吃饭是"并联"的，吃一口菜，吃一口饭，夹一块肉，是并行的吃饭顺序。饺子是彻彻底底的"并联"吃法。从膳食结构看，饺子的馅料都包在面皮中，做到肉类、菜类和谷类的适当组合，主副食品搭配合理，营养丰富并且酸碱平衡，同时有利于人体吸收。

这让我想起了"教育"。教育是需要环境的，这种环境不仅是大楼、空调、机房等，最重要的环境是"人"。理想的教育环境应该是"混"的，否则，学生为什么要到学校里来求学，为什么不在家里单独学习？不同文化背景、不同民族、不同智商、不同兴趣的学生混在一起，人们把这种教育环境称之为"diversification"（多元），国外许多一流大学都非常

注重创造这种优越的教育环境。所以说,许多优秀学生不是"教"出来的,是"混"出来的。

一百年前的中国到处是战乱、贫穷和饥饿,但却奇迹般地诞生了一批世界级的大学,培养了一大批世界级的学者领袖。我阅读了若干大学的校史后发现了一个秘密,无论是当时的国立大学,还是私立或教会大学,优秀的大学都有一个共同点,就是按照蔡元培先生所讲的"兼容并蓄"办学。兼容并蓄就是在学术上包容各种流派,使各种文化同时存在,实际上就是一个字——"混"。那时的学生是"混"的,教师是"混"的,连管理体制也是"混"的。这种"混"的环境,融会了思想,产生了文化,提高了学术,造就了大学,潜移默化,培养了一代精英。

教育为什么应该像饺子一样是"混"的呢?因为"混"是催生新思想的源泉,而教育的目的,主要是让学生能够学会思考,养成思考的习惯。有人说,你有一个苹果,我有一个苹果,互相交换,各自还是得到一个苹果;你有一种思想,我有一种思想,互相交换,各自得到两种思想。"混"式教育的奇妙就在这里。"水尝无华,相荡乃成涟漪;石本无火,相击而生灵光。"只有通过"混"的教育环境,思想才能交融,从而孕育新的思想。如果说，你人生的长度是由上苍决定的，那么你人生的宽度是由你的思想所决定的，而"混"式教育是你产生源源不断新思想的源泉。

提到"混"式教育，我以为最成功的实践当属书院制度。师生在书院中共同生活，学生的专业教学由学院负责，书院则为学生在食宿之外提供更为丰富全面的教育机会，包括各种各样的活动、海外交流等等。这样既增进文化艺术修养，又培养学生的人际交往能力。一个寝室里可能有文学院、工学院、医学院的学生。安排不同专业、不同层次、不同年龄、不同背景的学生"混"在一起，一方面互学互补，另一方面，也学会融合和包容，在身心情志上日趋成熟。

书院制的一个明显优势是能使每位学生有机会接触到他们熟悉领域以外的东西，这对学生的未来发展极为重要。大凡有成就的人，你去深究他成就的来源，很多是把从其他学科中学到的知识，移植应用到本学科而成功的。如果大学四年光是学习本专业的知识技能，我觉得不仅浪费了一个年轻人最好的时光，而且这样的毕业生在社会上也走不了太远，极为可惜。

我下乡时曾在一所乡村小学里代课任教。当时教学条件非常艰苦,有的班级由几个年级拼在一起,称为"复式班",三面是三个不同年级的学生,老师的讲台在前面中间,老师先给三年级同学讲十五分钟,然后转身九十度,给四年级的同学讲十五分钟,再转九十度,给五年级的学生讲十五分钟。奇怪的是,有时候给五年级同学讲的内容,有的五年级同学还不明白,但同教室里的三、四年级同学已在那里举手,表示已经明白了。

我还一直记得那群穿着满身补丁的衣服、灰头土脸的孩子们那一双双睁得大大的渴望的眼睛,以及当他们领悟到你教的内容时那突然发光的眼神。

教育,就像领着一群孩子走山路,高高低低,坑坑洼洼,会带来挑战,但会有更多的惊喜和收获!

从火药到光纤

我国很早就发明了火药,是我们引以为傲的四大发明之一。发明一件东西很不容易,尤其是自己几十年来也一直和学生们一起搞些小发明,更深感发明创造的不易。对火药这样的重要发明,我一直怀着一种神圣的自豪感,直到有一天我读到下面这篇文章。

这是一篇在1883年出版的《科学》(*Science*)杂志上发表的文章,作者是美国物理学会第一任会长、美国国家科学院院士亨利·奥古斯特·罗兰(Henry Augustus Rowland)教授。他是一位著名的物理学家,尤其在实验物理方面。他用实验证明了运动电荷产生磁场,并研制了衍射光栅。他有个学生叫霍尔,就是著名的霍尔效应的发现者。罗兰教授虽是位实验物理学家,却也十分重视基础理论的作用。他的这篇题为《为纯科学呼吁》(*A Plea for Pure Science*)的文章，有以下这段话：

"假如我们停止了科学的进步，而只留意科学的应用，我们很快就会退化成中国人那样。多少代人过去了，中国人还是没有什么进步，那是因为他们只满足于应用，从来不去追问背后的原理。而这些原理却构成了纯科学。中国人发明了火药并已使用火药达若干世纪之久。如果他们用正确的方法探索其中的原理，就有可能在获得应用的同时，产生化学科学甚至物理科学。因为只满足于火药，以及火药可以爆炸这样一个事实，而没有寻根问底，使得中国人已经远远落后于世界的进步，以至于我们现在只好将这个所有民族中最古老、人口最众多的民族视作野蛮人。"

当我看到这段话时，心里不禁沉重起来。当然，这是罗兰教授在一百多年前所说的话，如果放到今天，他可能不会这么说。一百年来中国人在科学领域有了长足的进步，对人类的科学发展是有贡献的。然而，静下心来，仔细看看这段话，看看我们的民族为什么只重视火药，而不深究其科学原理和本质，为什么我们对发明火药有兴趣、有动力，却没有同样的兴趣与动力去深究其化学原理呢？这也许与我们凡事

只求实用的功利的态度是有关的,很值得我们反省。

无疑,我们的民族在考虑问题时倾向于事物的实用功能,对纯理论以及缺乏实用价值的形而上的思考缺乏兴趣。这或许就是为什么在我们如此漫长的历史中,在如此辽阔的国土上,那些堪称伟大的哲学家、音乐家、数学家及富有创造精神的人物却是凤毛麟角。我们的四大发明都是以实用为前提的。即使在今天,科学研究中大多数研究课题也是围绕着直接应用而展开的。

凡事先考虑实用功利是我们的一种思维习惯。娶妻是为了生子,养儿是为了防老,读书是为了找个好工作,学英语是为了出国,弹钢琴是为了升学有附加分。这种话听上去好像不很顺耳,却在我们每个人身上都有体现,有时甚至相当严重。

考虑事物的实用功利并没有错。人,必须生存。公司,必须赚钱。但如果我们仅仅考虑事物的实用性,一切活动以功利为目的,那就会失却对事物本来面目的认识,就会追求短期功利。而缺乏对事物的深刻认识,缺乏持久的热情,最终会损失长期的利益。

比如,医院作为一个经济实体,需要有健康的财务资源,经济效益对医院很重要。但如果我们的医院、医生一味追求经济效益,就会出现医德、医术等方面的诸多问题。任何公司都要考虑利益最大化,但如果一味追求利润,公司就不会有精力及资源去做研究开发,新技术、新产品就会面临问题,到最后公司的长期利益就会受到影响。教育也同样,如果我们的学校一味追求排名、升学率、论文数等指标,而不去关心学生的身心健康,我们的学生就会渐渐地成为机器上的零件,没有想象、创造的能力,没有独立思辨的能力,没有对社会以及对世界有所担当的能力。

因此,考虑事物的实用性要有指标,但不能唯指标论。这让我想起了另一个重要发明:光纤。前几年获得诺贝尔物理学奖的香港中文大学教授(原校长)高锟先生是世界公认的"光纤之父"。光纤对于现代通信贡献巨大,是近百年来最为重要的发明之一。没有光纤,哪有今天的网络、手机和通信?记得读过高先生在二十世纪六十年代中期发表的第一篇有关光纤的论文,印象极深,文中有实验,更有理论,把光纤的物理原理讲得清清楚楚。如果高先生仅仅是追求光纤的应用,也许无须把这些原理钻研得如此之深。正因为高先生不仅发明了光纤,而且把光纤的物理原理研究得如此透彻,并创立了这一学科,高先生才有资格获得诺贝尔物理学奖。

当我们去参加一场篮球比赛时,我们的眼睛不能只盯着记分牌,否则是打不好这场球的。我们在大学学习时,也不能只盯着平均学分绩点(GPA),否则我们读书会受影响,会焦虑,会短视,会失去宁静、闲心和梦想,从而无法领悟这个世界中最本质的东西。我们要追求骨子里的优秀,而不要满足于表面的浮华。

我们今天的世界基本上是一个物质世界,精神层面的东西越来越少,功利主义的诱惑无时无刻不在向我们每个人招手。完全不理它,不一定做得到,但我们可以时时提醒自己,凡事不要过于功利,不要短视,看远一点,要注重培养自己的精神气质,生命里有更重要的东西。只有这样,我们才能不忘初心,真诚地面对生活,坚守自己生命的价值,收获丰饶的人生,体验精神创造的快乐!

月光

我在费城读书的时候,与一位退休的华人老教授相熟。他是一位著名的学者,无锡人,是中国最早出国的那批留学生中的一员。老先生是我所读学科的开创学者,更可敬的是,他的文学功底亦十分扎实。那时候他时常邀我去他办公室聊天,诗词歌赋,无所不谈。但我那时忙于学业与研究工作,无奈每每婉拒了他的邀请。

有一天,他又打来电话,说:"你到我办公室来吧,我这里有月饼。"原来他想用月饼来"引诱"我,我想,那不如就去一次吧!其实他的月饼并没有那么诱人,出于礼貌,我还是尝了一小块。随后便听他与我滔滔不绝地谈论起有关中秋的诗词。原来,第二天就是中秋节了!

不知不觉两个小时过去,老先生才意犹未尽地起身送我

月光

离开。此时，天已经完全黑了。我回宿舍的路上，经过一大片草坪。皓月当空，整片草坪有如丝绒一般。月光真是太神奇了！我还从未见过月光下的草坪如此美丽，如此安宁，如此令人神往。也许是刚刚才聊过古人赏月吟诗的风雅，我不禁也想在长椅上坐一会儿，独自欣赏一下月色。

古诗之中首推咏月之诗数量最繁，佳篇最多。杜甫的"露从今夜白，月是故乡明"，李白的"举头望明月，低头思故乡""独上江楼思悄然，月光如水水如天"，王建的"今夜月明人尽望，不知秋思落谁家"……这些有关月光的诗句，写得真是太好了！好到我甚至怀疑在人类历史上，还会不会有比这些诗句更美的作品出现。

突然间，我脑中冒出一个问题："为什么人们看到月亮的时候就会想起故乡，想到故乡的亲人呢？"

你看这两千多年来，那么多诗人所写的吟诵月亮的诗，为何皆与故乡、故人有关呢？现在连我自己都在月光下思念故乡了！这或许有一个原因吧，不然，人们为何在望着太阳的时候不会想到故乡呢？也许是受了古人所写的"望月思乡"的诗的感染，所以我才会一看到月亮就想到那些诗，继而又联想到故乡、故人和旧情……可是，古时候的诗人，又是受

月光

到什么感染而写出这些诗的呢?

也许是因为在中国的文化传统中,月的"阴晴圆缺"往往使人联想到人的"悲欢离合"。但月能圆,人难全,看到明月就会触景生情,想到远方故乡的亲人。

也许是因为,古时候人们没有通信工具,觉得月亮能够望到远方故乡的亲人。云聚云散,飞鸟往还,或许能带来故乡亲人的音讯,一轮明月也可寄托故人的相思。

也许是当人们看到月亮的时候,一天的喧嚣已归于宁静,心安静下来之后,才体会到藏于内心深处的寂寞与孤独,再望到同样孤独凄清的明月时,不免会伤感。

清晨与黑夜是一天的两极,正如太阳与月亮是天上的两极一样。每天清晨,太阳升起,带来了光明与一天的希望,我们开始兴奋、忙碌、张扬、激动、挥洒汗水和精力,我们的心逐渐离开原本的位置,愈行愈远。直到夜晚,月降临了,月光下一切又恢复了最初的安静,我们的心就像绷紧的橡皮筋一样又弹回到原本的位置。如果说,太阳给了我们向前走的冲动,月亮则赋予我们向后看的雅情。这或许就是为什么我们在月光底下常常会想到故乡和故人的缘由。

童年时在家乡很喜欢过中秋节,那晚常常有许多亲友带来各种好吃的东西。傍晚在天井里，八仙桌上陈列着各色果品，中间是一块巨大的圆形月饼。天井的石板上都插着红蜡烛，感觉十分浪漫。小孩们绕着桌子，跑啊跳啊，跑累了还不肯停下来，心里惦记着桌上的大月饼……

后来，"文化大革命"开始了，月饼不见了，更不要说在天井里的石板上插上红蜡烛来行祭拜礼了。记得有一年中秋的晚上，家里只剩下我与祖母两人。祖母煮了一只鸡蛋给我吃，说鸡蛋也是圆的，蛋黄也是黄色的，姑且当作月饼吃吧。我背着一张小桌子到院子里，躺在桌上。祖母坐在我身边，一把大芭蕉扇慢慢地摇着。我静静地望着天上的圆月，问祖母："这月亮怎么不会掉下来啊？"祖母说："月亮不会掉下来，因为有星星陪着她。"我又问："星星为什么不会掉下来呢？"祖母也回答不了。我又问了很多问题，祖母都讲不出来，她说不如给我讲天上月亮里的故事吧……

再后来，我去下乡了。有一年中秋，村里晚上熄灯很早，月光下躺着安静的村庄。我独自在河边洗衣服，大大的月亮映在水里。在这个家家户户都应团圆的时刻，我却孤身一人在河边洗衣，心中感到有些凄凉。正想着，忽然从远处传来一阵歌声，好似仙乐一般。怎么会有人在如此寂静的村庄里

月光

唱歌呢？仔细一听，那歌声好像是从附近的变电所里传来的。变电所里面住着一群"工人阶级"，高高的围墙将他们与我们分隔开来，我们从未走进去过。不过此时，听着这歌声已是十分享受了。从这之后，我每天都在这个时候去河边洗衣服，那个人也总是在这个时候开始唱歌……直到有一天，歌声再也没有响起。我始终不知道唱歌的人是谁，也不知道她为何而来，又为何而走……

故乡就像茫茫夜空中的明月，那清冷皎洁的月光陪伴我们走过人生的漫漫长路，照耀着我们来时的方向。在那最远的尽头，或许就是我们心中最近的那个点。

旅人

很多年以前,我去参加一个国际会议,会议在意大利北部的一个古老的小城市乌迪内举行。因为是从上一个国际会议之后赶来,我便比原本的会议时间提前了一天到达。那天正好是周末,我想,如果有人可以结伴,同游这个中世纪古城倒也不失为一件乐事。

我住在离会议地点不远的一家小酒店,虽然预订的时候已经知道这是一家小酒店,但到了之后还是大吃一惊:世界上竟然有这样小的酒店!三层楼的老住宅,每层大概有两到三间房,估计总共也不过十来个房间。电梯狭小到只能站两个人,还得脸对着脸,让人很不自在。

酒店提供早餐。早上,我去楼下吃早点,遇到一位年岁较大的游客,穿着整整齐齐的西服,留着胡子,极为彬彬有礼。他自我介绍说，他是来自拉脱维亚的一名中学历史教师（称他为 L 君吧），第一次来到这座城市，以前只在书本上读过它的历史，现在可以亲眼看到它，心里很激动。我们刚坐了一会儿，从楼梯上又下来一个年轻人。像他这种背包族，看样子无疑是个大学生（称他为 B 君）。他说自己是巴黎一所大学大三的学生，学艺术设计。小伙子很阳光，十分健谈，一听说我俩想去古城游览，立刻喊着也要同去，于是我们就边吃早餐边讨论这天的行程了。这顿早餐可能是我在酒店里用过的最简单，却是时间最长的，因为我们三人都是初来乍到，所有的信息和想法都是道听途说，所以花了很长时间讨论游览的行程。

时间不多，赶紧上路！那天天气晴朗，蓝天下中世纪古堡的断墙残垣，显得格外有历史韵味。一两处古迹走下来，L 君好像有点跟不上我们，原来他心脏不好。在一个古堡的螺旋楼梯中间，他明显有些吃不消了。楼梯只容一个人上下，他不上去，跟在他后面的我们也只能停下脚步。虽然他看上去极不愿放弃，但我还是坚持让他不要勉强，不如大家都不上去，否则出了人命就糟了。

好不容易待他舒缓下来，已是中午时分。我们要找个餐馆吃饭。我们在街上走啊走啊，竟然走了一个多小时还没找到。其实并不是没有饭店，而是每一个饭店B君都觉得太贵，不愿意花钱。可能是囊中羞涩吧！我们当然要尊重他。就这样，走了很长时间，我们才找到一家小摊子，坐在人行道的露天椅子上吃了点当地的披萨饼。

一天的旅行虽然辛苦，倒还是很愉快。回到酒店已是晚上，我买了点熟食和几瓶啤酒，提议不如回酒店房间吃饭吧。B君热情地邀请我们到他顶楼的房间去。去了之后，才发现那是一个阁楼，要猫着腰进去，但估计价格会便宜点。站在房间里，要把斜窗打开，人才能站直，而这时上半身已在屋顶外面了。但这阁楼也挺不错，能看到天上的飞鸟，而远处月光下，教堂的尖顶也显得格外神圣！

我们边喝啤酒，边回味这天的游历。先是B君感叹，抱歉因为自己带钱不多，寻找饭店耽误了大家很多时间。他说："旅行是我生命中最重要的东西，但现在看来还做不到，旅行最重要的是有足够的经济保障。等我哪天有钱了，一定要走遍天下。"L君静静地听着，慢慢说道："我年轻的时候，也是这样想的。其实错了！旅行最重要的条件是健康的身体，身体不行哪里都去不了。"听着他们的争论，其实我也有自己

的苦衷,"旅行关键还是要有时间,我太忙了,抽一天时间去旅行对我来说已是十分奢侈,你们俩明天还可以再去我们今天尚未去过的地方,而我只能想想了,哪能陪你们去呢?所以基本条件是时间。"

多少年过去了,那天晚上我们讨论旅行的情景还历历在目。我们三人所讲到的旅行三要素,随着自己的人生一路走来,愈发觉得确实如此。当我们年轻的时候,总觉得时间大把,身体健康,但囊中羞涩,处处受到自己经济条件的限制。交通尽量选择火车硬座,有时甚至是货车运货舱;旅店尽量住通铺或十多人一间的房间,有时找不到这样的房间,就在火车站大厅的座位上过一夜……而当我们稍稍有了点钱,却又忙于工作,很少可以抽时间出去旅行,有时即使去旅行也是带了很多工作,边改论文边旅行。人到了晚年,经济条件和闲暇时间都不成问题了,但身体开始不行了。你会担心这山太高,那路太远,时间太紧,对世界上的许多名山大川只能是望洋兴叹了,心有余而力不足。

你看,上帝很残酷。完成一件事需要三个条件:经济、时间和精力。他不让你同时具备这三个条件,常常是给你两个或者两个半。

旅人

人生就是这么遗憾!

旅行是如此,人生中的其他事也是如此。比如说读书。上次去武汉出差,去一家书店逛,一位年轻人拿着一本书问店员,此书今天是否打折,店员回答说没有。过了几分钟,他又跑到另一个柜头去问同样的问题,另一位店员还是回答说没有。出于好奇,待他走开后我去看了一下他要的是什么贵重的书,一看价格也不过四十多元。回想起来,我年轻的时候也是这么过来的,当时因为买不起书,我还手抄过好几本书。当我们有钱买书的时候,却已经没有时间看书了。书柜上放着很多新书,晚上坐在写字台前,斜眼瞄着这些来不及看的新书,那感觉有些像《大红灯笼高高挂》电影里,老爷看着每个妻妾门前高挂的灯笼,一开始是得意,"有这么多书,选哪本都行",继而是遗憾,"哪有这么多时间啊!"当然,到了一定年岁之后,你会发现能读的书的数量也是有限的了。正如一位院士朋友对我说的:"我现在要很仔细地挑选要读的书,因为我剩下的时间不多了。"

所以,做什么事都有这三个限制。人生的这三个要素很像我们学生装上的那三个口袋,一只口袋装金钱,一只口袋装时间,另一只口袋装健康,而这三个口袋又好像是互相连通的。一只口袋鼓起来的时候，另一只口袋就会瘦下去，似乎我们永远找不到三个口袋都很鼓的时候。于是，你会用一只口袋的健康去买另一只口袋的时间，或者用一只口袋的金钱去买另一只口袋的健康，但买来买去，很少会有装满三个口袋的时候。

这三个要素，从数学上讲，可以把它看成三个坐标轴，你可以想象把你一生可用的最多的钱财作为最大值，归一化后，截一段坐标。同理，你可以把你一生的时间和健康状态作为其他两个坐标，这就构成了你的人生三维坐标。在这个坐标系里，每个人都是从原点开始的，因为这三个参数在你出生时都是零，然后才伸展开来，有时沿着一个坐标面走一阵子，有时沿着另一个坐标面走一阵子，走着走着，你就在这个空间里面绕了一大圈，渐渐地又走回到了原点。不信你可以去查一下，你今天的人生坐标函数值大概是多少。

人生，就是一场旅行。我们都是旅人，凡是旅人都需要这三个条件。上帝常常只给你两个或两个半，剩下一个或半个就要你自己去争取了。这种争取和努力，就是你不顾磨难、奋力向上的追求和修行，这就构成了每一个旅人一生的精彩与美丽。

旅人

我突然有一种再去一次乌迪内的冲动,至少在我还没有到 L 君那么老的时候!

迟到的感恩

说到感恩,我常想起多年前的一件事。

刚到美国读书时,有一对老夫妇经常请我去唐人街的中餐馆吃饭。有一次,吃完中饭,他们照例买单,并用现金付了小费。因为跟他们很熟,我看了账单,就问他们大概应该付多少小费。之前听人讲,在美国餐馆,小费一般是消费金额的5%到10%。那对夫妇对我说,他们一般是付20%到25%。他们在美国至多也只是中产阶层,算不上富裕。但他们说:"这些服务员很辛苦,小费是他们所有的收入,我们应该多表示一点感恩(appreciation)。所以,我们总是付'多于他们期望的那个数字'(more than what they expected)。"

在以后的生活中,我与家人基本上也按照这对老夫妇

迟到的感恩

的做法，在表示我们的感恩时，do more than what they expected。曾经有朋友提醒我，小费是否付得太多了？但我总是想，这一辈子是穷是富，我也不知道，但有一点我可以确信，那就是：如果我穷，绝不会是因为我付了太多的小费。

其实，感恩是一种福分，多一点感恩就会多一点福分。为什么呢？首先，当你感恩的时候，你的内心是愉悦的。因为你在做一件令人家也感到愉悦的事情，而这个"人家"正是你希望他感到快乐的人。所以，感恩是一件彼此愉悦的事。再者，当你心怀感恩的时候，你是在回顾那个令你感激的过程，在追溯那段幸福的时光，所以你的内心是宁静的、平和的，而宁静平和的心境对任何人、在任何时候都至关重要。因为只有在这个时候，你所做的事、所说的话、所做的决定，才会是正确且有意义的。因而，感恩能让人宁静和喜悦，这不正是你人生中最重要的福分吗？

小时候看电影时老想着"好人""坏人"，后来长大了，总问自己，什么样的人才是"好人"呢？再后来，经过了一段相当长的时间，我才慢慢意识到，如果这个世界有"好人"的话，那个"好人"一定是"善良"的人！反过来，善良的人一般都是"好人"。为什么善良那么重要呢？有什么东西能使人善良起来呢？我自己的观察是，当一个人开始感恩的时候，他就会开始行善。因为感恩，他感到善良的必要，他意识到善良的力量，于是他也会努力尝试着去做善良的事。

感恩其实是我们生活中每时每刻都能做到的事。

记得我在匹兹堡工作时，办公的那层楼有一位清洁阿姨，负责我们几个办公室的清洁和茶水等等。她年岁较大，体态有些臃肿，行动不是很灵便。我经常看到她在走廊里擦东擦西，我也会时不时和她说两句话。看得出，她很愿意跟我聊上几句，因为好像没有多少人会跟她聊天。我记得她有一个儿子，在菲律宾服役。

有一次，我从走廊经过。走廊很长，我远远地看到她在走廊的那端，一个很暗的地方，呆呆地立在那里。我从她身边经过的时候，看到她的脸色不太好，便问候了两句。原来她的老母亲过世了。她说她身边唯一的亲人走了，她很悲伤。我不知该说些什么，就站在那里陪她聊了一会儿。我们聊到了她在菲律宾当兵的儿子，一说到儿子，她脸上的乌云开始散去，说了很多关于她儿子的事情，还说如果她儿子能找个像我们中国学生这样的亚洲人做女朋友，她会很开心……

在一次较长时间的国际旅行之后，我回到办公室，发现

迟到的感恩

办公室外边走廊的一个窗台上,多了一盆花,那是一株有泥土栽培的、很美的粉红色的花。花盆上有一张小卡片,一看是写给我的。原来,那位清洁阿姨已经辞了工。她写道:"感激你每次见到我都会和我说话,短短的几句话让我感到温暖,见到你常常让我想起我的儿子。"

这株花一直长得很好,教授们经过走廊时,都会看一看它。每当我走到办公室门口,拿起钥匙开门时,看到这株花,总会想到那位老人。

感恩其实不是一件奢侈的东西,有时日常的三言两语也能表达我们的感激,尤其是对身边常常被我们遗忘的人。

前一阵,我在美国的两位朋友,一对老夫妇先后过世了。先生是中学的数学老师,夫人教生物,育有四个子女,都已独立。老人走后,他的儿子对我说,两位老人在世时,有退休金,生活尚可,健康也不错。因为兄弟姐妹四人都很忙,一年有时见上一两次面,老实说,把老两口给"忘了"。就他自己而言,他操心过很多人与事,唯独没去想过父母,更不要说在他们还健在的时候表达一些感恩之情。

我的这对美国朋友,与天下父母一样,生前总是尽可能不去麻烦子女。事实上,他们对朋友也是一样。他们住在费

城，我住在匹兹堡，有一次我在电话中说想过去看看他们。他们连忙说，你工作太忙，我们过去看你吧。于是，在一个周末，他们老两口，都快八十岁的人，开了十几个小时的车来到我家。我们的好友，我们的父母，我们的老师，总是这样，想尽可能不麻烦我们。而正因为如此，我们总是"忘了"他们。

我忽然想到，庄子讲"忘足，履之适也"。人穿鞋子，如果合适，是不会想到鞋子的。如果鞋太小或太大，或里面有一粒小沙子，那就老是会想到鞋子，想立即脱下来换掉。我们忘记了身体，是因为我们还健康；忘记了孩子，是因为孩子懂事；忘记了父母，是因为父母还健在，没麻烦我们。我们是不是应该感恩那些在我们身边，却常常被我们遗忘的人们？

感恩那些被遗忘的人们。尤其是对父母，总是一种"迟到的感恩"。有一个星期天，在学生的"英语俱乐部"中，我们谈论的话题是"假如你明天就要离开这个世界，你今天会去做什么"。这个话题涉及人生中可能会有的最大的遗憾是什么。大家聊得很起劲。我有一位美国朋友，很多年前已是一位很成功的企业家，身家近百亿。他有一次坐飞机，遇到一些故障，飞机忽上忽下，每次颠簸都有一千多米落差。所有乘客都被要求立即写遗书。我那位朋友说，他当时的第一个念头是，幸好上周把那八亿美金的欠款还给了一位多年的好友，否则，他会感到非常遗憾。是的，欠的债无法还清是一份终生遗憾。但我却以为，人生最大的遗憾可能还不止于此。

我想，人生最大的遗憾或许是你忘了感恩那些应该感恩的人，那些迟到的感恩是一个人终生的遗憾。

我在去年感恩节写这篇文章的时候，父亲还健在。今天再重写这篇文章的时候，他已经在天上，看不到这篇文章了。我送别他的那天，从墓地走下来，远远望去，阳光下一条铺满树叶的小路，我忽然想起童年时他是背着我从这条路走上来的。我不由地回首，看看山上，顿时一种来自漫山遍野的感恩之情充满心间……

是的，这当然也是"迟到的感恩"。

人生就像一次匆匆的夜行，大多数时光是没有星星和月亮的黑夜。我们要感恩的人就像那些在我们前面一闪一闪的路灯。福分大的人，灯就多一些、亮一些，使我们在夜行里多一分温暖，多一分希望。

莫高窟的智慧

从小就知道西边的沙漠上有一颗明珠,那就是我一直梦想要去的地方。后来终于得偿所愿,与一班香港朋友结伴游览了敦煌莫高窟,总共走了二十多个洞窟,十分尽兴。

敦煌莫高窟始建于十六国时代,经十六国、北朝、隋、唐、五代、西夏、元等历代兴建,终成规模,目前共有洞窟七百余个。然而,莫高窟最为辉煌的时代当属唐朝,据说那时洞窟的数目有千余个。北宋之后,莫高窟才渐趋衰落,元代后就更为冷落荒废。莫高窟的兴盛与丝绸之路的繁荣紧密相关。当时,莫高窟作为丝绸之路上的重镇,无论是达官贵人、商旅使者,还是僧侣和传教士都会在此经过。敦煌艺术最为辉煌的成就就在于她的包容,不同民族、不同宗教、不同艺术流派的精华都得以在敦煌交融呈现。我想象不出世界上会有第二个地方能够像敦煌这样，把千姿百态的世界文明统统融合在万里沙海中的一块小小的石崖上。

去莫高窟之前，我想它大概与其他石窟无异，无非是一些石雕、菩萨像和壁画。但到了莫高窟，我却实实在在地被眼前的景象震撼了！这种震撼远远大于任何一个宗教寺院、艺术展览或人文古迹所带给我的感受。仔细想来，其缘由大概是莫高窟容纳了所有你想象得到和你想象不到的东西，它包罗万象，这种包罗万象体现了它巨大的包容精神。

莫高窟的包容随处可见。作为佛教圣地，它处处颂扬佛陀的功德。然而，它的一些壁画风格却颇似基督教教堂中的壁画与窗画，而有些人物故事又出自道教的经典。敦煌壁画常以印度古代摩伽陀国的神话为题，但其中的山水风景与线条风格又往往透露着中国传统的画风。敦煌壁画的色彩也很奇特，一方面她有张大千临摹敦煌壁画后常在作品中用到的鲜艳的泼彩水墨淡绿，另一方面又有许多近似伊朗、希腊一带壁画的棕黑与深蓝的色调。典型的佛教神话如飞天、九色鹿王、比丘尼遇难等故事采用各种画法在壁画上呈现，异彩纷呈。这可以说是那个时代百花齐放所特有的灿烂辉煌。

敦煌艺术最辉煌的时代在唐朝，这与唐朝包容宽松的政

治经济环境有关。唐代不仅是我国历史上最为宽容的朝代之一,在世界历史上,可能也只有古罗马帝国能够与之相较。唐代的用人制度,自唐太宗始,都是宽容且多元的。据考证,那时的政府官员有三分之一是外国人。我想现今任何一个国家、地区的政府恐怕都很难做到这点。唐代也是宗教信仰十分自由的时代,道教与佛教在这段时期均蓬勃发展,这在我国历史上的所有朝代中,或者其他国家的不同时代也是极为少见的。

敦煌艺术启示我们:宽容、多元、包容,不仅是对艺术,对一个地区,乃至一个国家的发展都至关重要。从历史上看,每当一个地区的人民具有宽宏包容的心态,这个地区就开始发展、逐渐兴盛,继而在心态上会更为自信、更加包容,最终走向繁荣与强盛,唐朝就是一个例子。反之,如果抱有保守狭窄的心胸,这个地区就会日渐封闭,逐渐走向没落,明朝就是一个例子。

当然,包容精神的本质是对自己的信心。古人讲"有容乃大""以大度兼容,则万物兼济",包容是一种高贵的品质和成熟的心境。有了这种品质和心境,人会变得豁达、变得坚强。艺术会变得丰富、变得有趣;科学会变得广博、变得深厚。一个"容"字是古今中外,无论文化艺术,还是科技产业,从弱到强、从无到有的根本原因。"容"字体现了一个人、一个民族的格局和未来的走向。

这让我想到今天的深圳。在深圳百分之九十以上的人都是外地人,在这个平均年龄不到三十岁的城市里,到处可见年轻人的创新活力。为什么在这短短的三十来年里,有这么多年轻人到深圳来?他们为什么不到别的地方去呢?这中间一定有其原因。我问过很多年轻人:"你为什么要到深圳来?"他们的回答大多是以下两点:第一,这里的机会多一点;第二,这里不排斥外地人。其实第一点也是由第二点作为前提的。能够容纳外地人是一个地方兴旺发达的最基本因素。二十世纪的纽约和上海是如此,今天的硅谷和深圳亦是如此。在深圳,很少有人问你是哪里人,因为几乎所有人都是外地人。曾经有位香港朋友问我,深圳都是些什么人?我回答,我们深圳都是乡下人,无非是进城的先后顺序和来自的乡下不同罢了。有的进城早,有的是刚刚进城,有的说潮州话,有的说湖南话,有的说东北话,有的说四川话。就是这么多成千上万、上百万、上千万的年轻人,从全中国各个角落奔赴深圳,怀揣梦想,艰苦创业,互不歧视,造就了这座城市经济与科技无与伦比的辉煌!

来了就是深圳人,深圳的文化就是包容多元的文化。如果要用一个字来描述深圳的文化,那就是"容"。你看,广州人说粤语,上海人说上海话,全国各地都有自己的方言,连北京都有北京腔的京片子,只有深圳没有"深圳话"。在深圳,深圳人讲自己听得懂的普通话,北京人能听得懂,香港人也听得懂。

到街上去看,穿什么衣服的人都有。前两天,我与一位内地的朋友在街上走,前面一个男子穿着一件现在很难见到的草绿色军大衣,旁边走着一位穿着短裤的女孩,露着两条修长的白腿。我那位朋友悄悄地对我说:"你瞧他俩穿的!"我说:"挺好,一个青菜,一个萝卜。"想当年在内地,若是有哪个年轻人留长发,穿大口的喇叭裤,准有街头老大妈挥着剪刀等着,一看到就追上来剪。

在敦煌听到这样一个故事。几十年前,敦煌还不像现在这样有名,没有多少游客,只有几十名考古工作者埋头在沙漠里做研究。这些考古工作者常常在晚上被热闹嘈杂的人声惊醒,醒来一看却什么人也没有。睡下后,不一会儿又听见人群熙熙攘攘的声音,好像是当年画壁画的画家和工匠们在

和市民们说话交流。有趣的是,这些考古学家怎么也听不懂他们在讲什么话。我不禁插嘴,"估计他们讲的也不是一种语言",他们是来自世界各地的艺术家啊!我那天晚上在想,如果五百年后在深圳的华强北地区"闹鬼"的话,那些"鬼"可能都讲些什么话?是的,在今天的深圳,人们在机场、在车站讲着各种各样的语言。熙熙攘攘之下是不同文化背景碰撞所产生的火花、所激发的创新、所催生的新时代的文化。

世上的事到最后是一个"容"字。你能容多少,你就能得到多少。世界是大海,这个"容"字就是你手上的那个碗。在历史的长河里,我们所看到的是多少人用可怜的小碗在这个大海里拼命倒腾,为的是盛到更多的水。然而,能盛多少水与你的倒腾没有太多关系,而只与你手上那只碗的容量有关。知识亦是如此。清代画家石涛在讲到书画时曾经说:"天之授人也,因其可授而授之,亦有大知而有大授,小知而小授也。"你看,你容器如果小的话,即使老师也只能教给你一点点小小的技能。此所谓"水惟善下能成海,山不矜高自极天"。

昔日的莫高窟和今日的深圳说明了同一个道理:海纳百川,是海之为海的唯一途径。心胸有多大,格局就有多大。你容得了天下,你就是天下!

兔猫世界

我三姨母是位很有才情的知识分子,二十世纪六十年代,由于家庭原因,再加上常常发表言论,"文革"刚开始不久就被隔离审查。因为她是一个人住,当她被隔离审查的时候,我就得去她家里帮忙照看她养的两只小动物:一只小兔,一只小猫。小兔是邻居家送的,长着淡灰色的绒毛;小猫则是黑白两色,是在路上人家要扔掉时给她捡回来的。两个小家伙都刚出生不久,非常可爱。

我那时的任务就是给它们喂东西吃,并没有什么其他事。我不知道该给它们喂些什么,即使知道也拿不出来,所以我常常喂它们吃些我自己吃剩的食物。小兔和小猫也很听话,并不"挑食"。记得我常常喂它们吃我剩下的早点"方糕",米粉做的,有点糖味;有时也给它们喝点茶。

给它们喂食时，我把它们抱到天井里，在暖洋洋的太阳底下，我就坐在旁边的小凳子上观察它们。刚开始，两个小家伙都走得很慢，后来一点点快起来了，再后来还会一起玩耍了。有时候，小兔跳一跳，小猫也会跟着跳；有时候，小猫走得快一些，小兔落在后面，小猫还会回头看一看、等一等它。

有一天，当我坐着看它们玩耍的时候，我突然发现一件大事。我想这只小兔大概不知道自己是兔子，因为它自出生就只看到这只小猫，从未见过其他兔子；而小猫也不知道自己是猫，因为它也只见过这只小兔。这好像对它们来说并不很重要，它们似乎相处得非常和睦，而且仿佛在跟对方学着爬和跳的动作。

只有我知道它们谁是谁。它们是不同的动物，有不同的颜色和粪便。久久地看着它们，我觉得它们怪可怜的，而我觉得自己仿佛是上帝。我真想大声告诉它们："你是兔，你不是猫，你不应该爬！""你是猫，你不是兔，你不应该跳！"

后来，它们渐渐大的时候，姨母回来了，我也就不用去她家帮忙照看了，因而也无从得知这对动乱中的小兔和小猫的命运。很久以后，当我回忆起这件事时，我常常会想，假

如有人从小混迹于野兽群中长大,从未见过人,人与野兽谁也不能分辨自己是谁,那会怎么样呢?

其实,"认识自己"是件很难的事,兔猫世界如此,人的世界也如此,你知道自己是谁吗?

大凡对自己有了解的,都是从与旁人的比较中获得的,就像那只小兔和小猫一样。你看到人家在做什么,你便想着我大概也应该做什么。人家有什么,你就会想着我大概也应该有什么,于是就有了攀比,就会在乎人家的看法,不知不觉地,就把自己的人生过成了别人的人生。所以,有人会从别人的幸福中找到自己的不幸,也有人会从别人的不幸中找到自己的幸福。

人,每天忙着用别人的脑袋看自己,或者用自己的脑袋看别人,唯独不做的是用自己的脑袋看自己。为什么认识自己那么重要呢?因为只有你知道自己是谁,才有可能真正做自己人生的主人,才能选择自己真正喜欢的事来做,才能全身心投入,你的人生才会快乐。因为认识了自己,你就找到了快乐的源泉,你的生命状态是快乐的,因而你的人生将是快乐的,这与你的金钱地位没有多大关系。

前一阵,我在街上遇到一位以前的学生,他有时会到我的办公室里聊些家常。当年家境比较贫寒,父亲早亡我问他母亲现在怎么样,他说她早已退休,因为子女都大了,只她自己在家,于是她开始在街道图书馆里借书阅读,过了一两年,她居然开始写诗了。到现在,可不得了,发表了四百多首诗,居然是个诗人了!他说,他这位普通女工出身的母亲身上好像"藏"着一个诗人,这个诗人以往一直未现身,现在却突然出现了。

是的,我们每个人身上都藏着另外一个人,这个人恰恰是真实的自己,可惜的是,我们大多数人都不知道这个人是谁。

让我们来做个实验吧!假设今天晚上世界上所有的人都"集体失忆"了,从明天早上开始,没有一个人记得从前的事,虽然世界还是这个世界,但你不知道你姓甚名谁,父母兄弟姐妹也统统不记得,你的年龄、你的银行存款、你家乡在何处,你也完全不知道。你忘记了你的先生或太太,更不要说你的公司、学校和家里的一切……这听上去好像很可怕,其实不然,世界还是那个世界,仍有可以维生的财富和资源。从好的方面来讲,因为失忆,你会对你周遭的一切充满新鲜感,你去任何一个街区都像旅游一般,因为你从未来过……

现在,请你想象一下,如果你是"集体失忆者"中的一员,你忘记了你的职业和单位,马路上到处贴着招聘公交车司机、饭店厨师、医生等等的广告,你最有可能去应聘哪种工作呢?你最想吃什么东西?你最想去世界上哪个地方居住?乡村还是城镇?你觉得你自己现在的年龄会有多大?想听什么音乐?喜欢摇滚吗?……

你可以一直这样想象下去,然后会突然发现那个藏在你身上的人,那个真实的你自己。就像那只小兔,它一直以为自己是猫,羡慕猫的灵活,努力与猫比爬树的本领,放着自己前面的一大块草地不管,拼命与猫去争小鱼小虾,那实在是大可不必。与其把短短的一生迷失在别人的森林里,不如听从自己内心的呼唤,找到藏在自身的自己吧!

你的高考成绩,你的聪明才华,你的金钱地位,都不足以决定你的人生质量,因为人生质量最重要的决定因素是你的生命状态。保持快乐的生命状态,最基本的条件是生命的觉醒。领悟自己的热爱,坚守自己的生命价值,昂首挺胸地去追逐自己的梦想,你的人生才会像春雨洗过的太阳,缤纷灿烂!

老人与牛

那是一个初夏的早晨,天地都醒了。遍地都是油菜花和各种野花,风吹过来,暖洋洋的。我照例去桥头集合,等待生产队长安排一天的农活。也不知是什么原因,他安排我去放牛。

第一次去放牛,感觉挺新鲜。管牛的是一位老人,大家都叫他S叔。S叔慈眉善目,腰弯得接近九十度,他驼背的身影很像那头牛。他不善言语,但待我不错。S叔给人印象最深的就是为人谦和,每次生产队里开会,他总是让我坐在他前面。我那时在队里可以说是地位最低的,外地来的一个毛头小子。但他坚持每次都对我谦让,总是说:"你是知识青年,有知识的,我们没有知识,是没有前途的。村里要靠你们,国家要靠你们,你们要往前坐。"说得大家都很开心。

放牛远远没有我以前想象的那么容易。第一天下来,疲惫不堪，那头牛仿佛只听S叔的，对我甚是欺生。

那天中午时分，很闷热。老人说，把牛带去河里洗个澡。我去牵牛，但牵到河边，牛就停住脚步了。我拼命把它往河里赶，它就是不去。我只好上岸找到老人，"这牛怎么赶不动啊！"老人过来一看，对我细声说，"你是把它往河边那个淤泥潭里赶，那个潭虽然看不见，但很深，牛如果进去了，怕就上不来了……"老人把绳子往旁边一拉，顺势把牛赶往河的另一旁，这牛也很听话，一步一步走向河里，直到牛背都没进河水里去。

我在旁边看了大概十几分钟，觉得很神奇。这牛还挺聪明的啊！以前，总觉得牛很笨，俗话说"笨得像头牛"，其实，牛一点都不笨。老人对我说："牛只是不会说话，心里一点都不糊涂。"老人管牛管了一辈子，牛对他来说就像自己的孩子，他知道牛，牛也知道他。吃过晚饭，我去牛屋放牛草，老人已在那里。牛屋在小桥的旁边，村民们都在小桥下边的小河里洗东西，河边便是屋舍人家。干完活，老人常常在昏暗的牛屋外边搓绳（就是用手把稻草拧成绳子），我也常常搬个小凳子在旁边帮忙。我问老人："牛怎么这么听你话？"他说，"牛其实谁的话都听，你过几天就会知道。牛也会很听

你的话的。"我又问,"牛为什么那么听话呢?"没错!牛对人是太好了,吃的是草,挤的是奶,还要每天干这么多苦力。殊不知,老人给我了一个意想不到的回答。

"那是因为牛总是把人看大,把自己看小。牛的眼睛天生是这样的,哪怕是一个小孩,对牛来说,也像是看到一个巨人那样。白狗就不这样(绍兴人称鹅为白狗),白狗的眼睛会把人看小,所以它碰到任何人都敢去咬、去追赶,虽然它比人还小。"我不知道这番话是真是假,但心里觉得很有意思,从一般眼睛构造的几何光学原理讲,这也不是不可能的,就拿人说吧,难道我们看到的东西都是真实的吗?

从科学上讲,我们看到的未必是真实的。首先,我们只能看到可见光频率的物体,紫外和红外是看不到的。色觉本身是一种对电磁波粗略而碎块化的编码,而我们眼睛的电磁波是极化的和连续频率的,所以,很不真实。我们看到的红,未必是真的红,真的红我们也未必看得到。另外,爱因斯坦从车站广场的大钟上看到八点钟,而想象如果光速足够慢的话,他看到的八点,未必是真实的八点钟。

这说明,我们看到的未必一定是真实的。我们没有看到的,也未必一定不是真实的。从这个意义上去理解老人那番有关牛眼睛的话,其实很有哲学意义,尤其对年轻人的处世为人,更是如此。

"把人家看大,把自己看小"是一种谦虚。"虚能长学",人感到自己的渺小时,才能开始做一些称得上伟大的事。为什么谦虚那么重要呢?因为人天生有一个臭毛病,习惯了把自己看大,把别人看小,不自觉地放大了自己的优点和功劳。所以,时刻提醒自己要保持谦虚,其实是一种心理上的"校正",更忠实于"客观"。

"把人家看大,把自己看小"是一种智慧。苏格拉底说过,"我比别人多知道的那一点,就是我知道自己是无知的。"每年毕业礼毕,学生们让我给他们讲讲离开校园后最要注意的事情。我常常会说,"无论你们在哪里,永远记住你们旁边有一个比你们更聪明的人",时时注意这一条会使我们一方面把心"虚"下来,虚心听取别人的意见,看"重"别人的观点,才能虚心好学;另一方面,当你知道身旁有一位比你聪明的人,你会谨言慎行,不敢胡说八道,这样就避免了许多犯错的机会。所以把自己看小其实是一种智慧。

"把人家看大,把自己看小"也是一种高贵。只有具有这种高贵的品质和境界,人才会变得豁达,才会对事对人充满仁爱和宽容。一个人如果老是想自己、讲自己，只顾自己、不顾旁人，怎么会有仁爱和宽容？凡事把他人的利益放在前面，"前半夜想想别人，后半夜想想自己"是有道理的。如果把这顺序倒过来，就不行了。而要做到这点，首先必须"把人家看大，把自己看小"。

我放牛的日子并不长。到了秋天的时候，队里的三头牛中有一头干活总是不利索。S叔说那头牛太老了，干不动了，叫我手下留情，少抽鞭子。我有时候看它走不动，就干脆早早地把它牵回牛屋休息……过了几天，听队长说队里决定要把那头老牛杀掉。一方面它干不了太多活了；另一方面，村民们那时都吃不饱，杀了牛，还可以改善生活。

最后那个傍晚，我去牛屋，老人照例在门口搓绳。我进屋去放了一把牛草，那头老牛一只脚半跪在地上，昏暗的灯光下，依稀能看到它浑浊的眼光。我出门坐在老人旁边，帮着搓绳。那晚，老人没同我讲一句话。

第二天早上，一开门，就听到很多小孩大人们欢乐的吆喝声，原来小河两岸都在分牛肉。全村只有老人和我没去领牛肉。

我照例去牛屋。门外的老人还在那里搓绳，门内的老牛已经不在了，带着谦虚和智慧离开了世界！

浪里白条

游泳一直是我最喜爱的一项运动,不是因为我游得好,而是因为很容易坚持。虽然我以前也跑过步,打过羽毛球,但都没有像游泳一样坚持得这么久。游泳是一项全身运动,游完后浑身舒畅,吃睡都特别香,而且无须找伙伴,随时随地可以安排时间,比较方便,也不容易损伤身体。所以从学生时代开始,我一直游泳,几乎没有断过。

到美国读博士期间,游泳更加频繁。一方面是因为大学的游泳馆很棒,四个五十米深的室内游泳池排成田字形,十分壮观,游的人也不是很多,不像国内的泳池常常人满为患,站在泳池边上一看,人就像密密麻麻的芦苇,哪里有空间可以游泳?另一个原因是我在那段时间遇到了一位游泳伙伴,这位老兄的游泳技术实在了得,我称他为"浪里白条"。

浪里白条是个清秀瘦高的美国学生,来自美国新英格兰地区,在理学院念博士。第一次看到他游泳是在一个晚上,游泳池的人很少,我刚要跳下去游,就发现旁边泳道里仿佛有个身影,触壁的一瞬间很快就不见了。这个人游得是那么轻盈,没有水溅出来,甚至听不到水的声音,几乎看不到影子,呼地一下,就过去了,留下一条白白的水道,像一条青烟,消失在蓝天里。那天他穿戴的是白色的泳帽和浅蓝色的泳裤,在泳池边上看,就像一条长长的白鲨。他游自由泳,身体左右稍稍转动一下,非常匀称,非常漂亮,我从来没有看见过这么优雅的游泳健将。

自那次认识之后,我惊奇地发现,我们去游泳的时间总是碰在一起,用同一条长凳、同一排衣柜、同一个泳池,差不多同时到、同时走。那时没有手机,也从未约定过时间,能做到这样,简直是个奇迹。慢慢地,我发现我俩之所以会在差不多的时间去游泳,大概有两个原因。

其一,我读书期间喜欢与一般的同学"反"着来,人家在休息、在玩、在度假的时候,我总是在实验室工作;而人家在忙着考试,忙得无法参加其他活动时,我常常会有大量时间去做运动和读闲书。浪里白条这老兄,不知怎的,也同样遵循这个规则,人家忙时我们闲,人家闲时我们忙。有一次圣诞节前期末考试,偌大的泳池只有我们俩在游。我还记得我俩游完以后,泳池的管理员特地跑过来说:"我们也可以下班了吧?"

其二,一般人在天冷起来之后渐渐就减少了游泳的次数,而我因为在国内时已有几年参加冬泳的经历,因为这个时候温差变化大,停一阵子后去游泳会容易感冒,所以天冷时我会游得愈多。而浪里白条从新英格兰地区过来,寒冷对他来说不算什么,所以,冬天一到,泳池的人愈来愈少,而我俩却是每天不断,天天游。

认识一阵子后,我忍不住问浪里白条:"你怎么会游得这么好呢?"我估计他可能会说"因为我有一个好教练",或者"因为我开始游泳的时间很早""我每天游很长时间"等等,其实如果他这么回答,我可能也并不相信,因为很多人都有这样的条件,但哪里会有他游得这么好。

然而,他却始终支支吾吾不回答我。过了很长一阵子,我俩游完泳去吃"费城牛排"(Philadelphia Steak),门口排着长队,趁着排队的时候,我又问他这个问题,不料,他想了一想,反问了我一句:"如果是你,你想把一种泳姿游好呢，还是几种泳姿都学好？"我说："如果我能学好，当然想把几种泳式都学好。"他说，他的父母和教练也是这么说的，但他不想这样做。他想他一定要把一种泳式彻彻底底地学好，学到极致。为此他与教练不知争论了多少次。他说他在生活和学习中也是这样，非常专注，只求把一件事做好，做到淋漓尽致，做得完美无缺。我想他是在间接地回答我他为什么会游得这么好，原来是因为他专注于一种泳姿。这个回答是我没有想到的。

在往后很长一段时间里，我常常会想起浪里白条的这个问题，我发觉那些在科研、人生甚至在投资方面做得好的人，往往不是什么事都做的人，而是那些专注地做极少事情的人。就像在武林中，人称"不怕招招懂，只怕一招绝"。只要有一绝招，凭这一招就可打通天下，无须招招都懂。

专注，对于当下生活在信息爆炸时代的人们来说是一种奢侈。从前，当一万条信息到达一个普通市民手里时已经滞后多少天了，而且可能已被筛选过滤到只剩一两条信息，而现在每个人都可以在同一时间看到成千上万条的信息。这是巨大的财富，也是巨大的灾难，每个人似乎都知道世界上任何一个角落所发生的事情。前两天下飞机时，开车的司机还

同我大谈人工智能的新闻，似乎每个人在这个时代都可以成为百科全书式的人物，否则就落伍了。

然而人的时间与精力是有限的，如果我们要做得比别人好，只有一个办法，那就是专注。我们所处的时代是个信息大泛滥、知识大泛滥、机会大泛滥的时代，所以专注就意味着我们必须舍弃世人所津津乐道的许多机会，舍弃许多世人正狂热追求的浮华。这种舍弃，对每个人来说都是一种挑战，因为不愿意舍弃是人类的本能。人总认为舍弃是有风险的，是浪费机遇，所以总想留下更多。在科研上，我遇到无数的例子，有正面的，有反面的，最后能够取得成就的总是少数人，大抵是因为他们有勇气舍弃，心无旁骛，专心致志，精益求精，百折不挠。

我在这十年中被邀请参加过很多所谓的"战略规划会议"，有的是大公司，有的是国家研究院，有的是大学。我自己对这类会议的结果都不是很乐观。这个世界到处都是机会，单位也好，个人也好，可做的事很多，讨论"战略"的目的是什么？表面上看是在一大堆机会里做出选择，哪些应该做，哪些不应该做。实际上是因为应该做的事太多，大家都想做，不愿意放弃。因此战略的本质是选择，选择的本质是舍弃，不知道舍弃的结果是什么事都做不成。人生并不是每个球都要打,如果我们努力去打好每一个球,我们最后可能会精疲力竭,没有一个球能打得称心如意。

学校教育也是如此。人们总是宣称要培养知识渊博的人,但要知道,知识渊博并不意味着尽可能多地给学生灌输知识,而是要培养人的品德和能力。这种能力是碰到问题后善于解决问题的能力,所以知识不在于多多益善,而在于善学。荀子在《劝学篇》中讲:"锲而舍之,朽木不折,锲而不舍,金石可镂。蚓无爪牙之利,筋骨之强,上食埃土,下饮黄泉,用心一也。蟹六跪而二螯,非蛇鳝之穴无可寄托者,用心躁也。"我认识一位老科学家,出身寒门,幼时丧父,自己也体弱多病,好不容易上了一所不那么出名的大学。大学毕业的时候,他对自己说:"我的家境一般,身体一般,智力一般,学校一般,如果要在这一生做点成绩出来,唯一能做的就是事情做得少一点。"最后,他集中精力,在三十年中只做了一件事,完成了一项尖端的试验装置,填补了一项空白,并因此被评上了院士。每次见到他,他都很谦虚,总说自己是一个"非常一般的一般人"。其实,如果一个人能知道自己的"一般",进而将自己的精力用在最重要的地方,并保持对人生高度的追求,这本身就是"不一般"。

  我曾有机会故地重游,特地去看了看我常去游泳的那座体育馆,还是那个红砖大楼,还是那几棵长得高高茂盛的菩提树,还记得在树下与浪里白条分吃一盒比萨饼的情景,以及他教我吃墨西哥餐时那副狼狈的场面。如果那天时间允许,我真的很想再去里面游一次泳,那个又冷又爽的感觉,实在终生难忘。那种清冷的感觉就像浪里白条问我的问题,时刻提醒着我,人生中最重要的不是有多少才华,做了多少事,而是在多大程度上能够专注,不至于让精力在无谓的琐事中消耗殆尽。

六块饼干

那是一个初夏的早晨,下着大雨,我穿着蓑衣在田里干活,突然间听见有人在大声叫我,我抬头一看,是一位大队干部,让我立即去公社一趟,我问是什么事,他说他也不知道。我立即冒雨赶到公社,才知道是让我去代课,在一所学校里教英文和数学。

学校在小镇后面的一个村里,学校前面有一条小河,小河里长满了芦苇,芦苇丛里总能看到很多鸭子。学校后面是一望无际的油菜花,金黄色的油菜花在阳光下像铺着金色的绒毯一样。我教的是初一、初二的数学和英文,教这些课程不难,老师们待我也很好。同时,我自己也不用烧饭了,可以去附近的一家面粉厂搭伙,去那里吃饭和取热水,还有大把的时间可以看书。

开始在初一班上课时,我发现有一位男同学坐在最后一排,个子高高,头发蓬松。他上课的时候总是注意力不集中,我一盯他,他就注意一点,但过一会儿就又去做别的事了。我了解了一下,这位同学姓C,是上一年级留下来的,成绩不太好,上课经常迟到,作业经常不交。我看他每天总是卷起裤脚,赤着脚上学,应该是经常在农田里干活的。C同学比班里其他同学可能年长一两岁,所以看上去成熟一点,好像也还蛮懂事的,说话总是笑眯眯的,对老师也很有礼貌,所以我常常与他多讲几句。没过几天,他一见到我就远远地叫我,很亲切。我当时心里就纳闷:"这孩子挺好的,怎么就是成绩上不去呢?"

后来,有一天早上,他急匆匆地找到我寝室来,手上拿着一大把长豇豆,说是他自己家刚摘的,送给我吃。我不能收他的东西,何况我自己也不烧饭的,所以连忙说:"不用了,你拿回家去。"我看他好像很尴尬的样子。这时候,一位经常到我这里串门的H老师来了,一看这个情况,就开玩笑说:"噢,你给老师送东西来了?好呀!东西留下,分数是不会给你加的,知道吗?"他当然是开玩笑,但C同学的脸一下子就红到了耳根。我急忙说:"别开玩笑了,他又不是要加分。"看C同学窘迫的样子,我也不好再推辞,又问了问他最近的情况。临走的时候,我从抽屉里取出两块从城里带来的饼干给他,他很开心,立刻就放在嘴里边吃边走了。

C同学的成绩开始有所好转。我上课时也故意多提问他,尤其是那些比较容易的问题。我多给他机会回答,他几乎每个问题都能答得上来,我很为他高兴。紧接着,有一次测验,晚上我在阅卷时仔细看他的考试答案,还真是不错,有五十八分,与他之前的成绩比较起来已经有很大进步了,只是还是不及格。

第二天上午试卷改完发下去了,同学们都争相看自己的试卷,询问别人的分数。我特别留意C同学,他一个人默默地看着自己的卷子,闷闷不乐。那天课堂上他没有以前那么活跃,低着头不吭声。我上课的时候走过他的位置,不经意地发现,他练习簿封面上的任课老师(我的名字上)那里有一个很大的红叉。红色的叉,在那个年代意味着是"坏人"。我心里一紧,原来他现在把我看作"坏人"了,大概觉得我是可以"帮"他的,但没有帮,所以,我一定是个坏人。

之后,我找了几个同学来我办公室帮我改全班同学的作业,我特地把C同学也叫上。同学帮老师改作业有很多益处,改人家的作业可以加深印象,让自己不犯同样的错误。C同学来是来了,但还是很不开心的样子。等大家走了之后,我留住他,表扬了他,我说:"你的数学进步很快,这是你在学校最好的一次考试成绩,是很不容易的。"他没有说话。走的时候,我从抽屉里取出两块饼干给他,我说:"这是奖励你的。"他拿在手上,低着头,也不道谢,离开了我的办公室。

C同学的成绩一直在进步,可贵的是他上课特别专心,作业也每天按时交了,上课还主动提问,我从心里为他高兴。他也经常来我寝室问问题,似乎已经忘记了以前的事。到了期末考试,他考得非常优秀,我记得是九十二分,我在课堂里分析试卷后还点名表扬了他。我看他也很兴奋,把那张试卷翻来覆去地看。课后我回到自己的寝室,他跟了过来,我又表扬了他这次考试的表现,没想到他的眼里闪起泪光,轻轻地对我说:"徐老师,我对不起你。"我连忙说:"什么事?"他说:"我在你的名字上打过叉,我在同学那里说你是个坏人。"我一听是那件事,连忙说:"没关系的。"我劝慰了他一会儿,又给他拿了两块饼干,我说:"你是一个诚实的孩子,我要感谢你。"

那天,他在我宿舍聊了不少,后来我又陪他走出校门,

六块饼干

沿着学校前面那条小河,走了很久。正是黄昏的时候,村民们在赶着鸭子回家吃饭,山坡上开始升起缕缕炊烟。我说:"你赶紧回家去,把试卷带回家,告诉你爸爸妈妈,也让他们高兴高兴。"但他说他父亲在外地养蜂,一年见不到一面,母亲也不会关心他读书的事,就是告诉她她也不会在乎。说着说着,他的眼眶里又涌出了泪水。他说他家很困难,弟弟妹妹多,现在又是青黄不接的时候,妈妈给小孩们吃的都是稀饭。一锅饭里的米很少,都是一些素菜和萝卜,小孩吃了以后,不一会儿就会饿,哭,所以他妈妈总是在吃完饭后立刻打发小孩们睡觉,这样小孩就不会哭。所以,他根本没有时间去做作业,只能在每天早上上课前胡乱写点作业交给老师。我听了心里很沉重,从那时开始,我在准备教案时,总是在课堂上留出时间给学生们完成我这门功课的作业,这样学生离开课堂后就不用再多花时间了。我后来在美国和中国香港的大学里教书时也一直是这样做的。

多年后,我回那所学校时见到了当年的老师们,他们告诉我,这位 C 同学一直对人家说,我给过他六块饼干,说这六块饼干让他变了一个人。其实我心里也很感谢他,他不仅告诉了我许多我不知道的事情,还教会了我应该怎样批评和引导学生，让我真正体会了做老师的快乐。

回顾几十年的教学生涯，作为一个老师，如何指出和批评学生不对的地方有时候真的很难。大家都知道，学生要正面教育，没有人愿意接受批评。庄子云："世俗之人，皆喜人之同乎己，而恶人之异于己也。"我们自己也不喜欢听人家的批评，然而不对的地方，还是得指出来，这对每一个老师来说都是个挑战。所以有时候，我常常感到两难。

教育的本质是什么？我的理解是，教育就是让受教育者重拾自信。这个"自信"在他感到挫折，感到气馁时尤为重要。如何让他重拾自信呢？我想"尊重"这两个字可能是最重要的。每一个孩子都有自尊心，这个自尊心是如此珍贵，以至于在任何情况下，我们都不能伤害它。我看过一个故事，说是日本有两兄妹，父母早亡，两兄妹相依为命，后来哥哥投奔一家寺庙当和尚，而妹妹在城里打工。二十来年后，哥哥成了誉满全国的禅师，妹妹也靠自己的努力建立了家庭，生了一个儿子。可惜的是，这个儿子好吃懒做，不去读书，整天结交一些地痞流氓。妹妹给远方的哥哥写了一封信，问他能不能帮她教教这个外甥走上正路。这位禅师有一次路过妹妹的城市，在她家住了几天，妹妹想这下好了，哥哥一定能开导一下她的儿子。可是几天下来，禅师一句话也不说。临走时，禅师在门口取鞋子，弯腰系鞋带，系了几次系不好，外甥一看，过来帮助舅父系鞋带，系完后，舅父轻轻地感叹道："年岁大了，做什么事都很困难，凡事要趁年轻啊！"就是这么一句轻轻的话，这位年轻人听进去了，从此痛改前非，蜕去过往的恶习，做出了自己的一番事业。

人的一生就像一只偏心轮，轮的外圈是正常的圆，而内圈是偏心的。我们走的每一步就像装在内圈的轴，相对于路面，有时候会走高，有时候会走低。做老师的、做朋友的，我们就是要在他走低时，俯下身子，扶他一把，撑他一把，给他一点耐心，使他的轮子能够转过去。轮子的转动有外部因素，比如说路面的环境和外面的动力；也有内部的原因，比如说偏心轮上如果有足够大的惯性，自己就能驱动起来。对一个年轻学生来说，老师也好，学校也好，对学生这只轮子的作用，既管外部的环境，又管内部的惯性，这就是为什么我们说教育对一个人的成长是十分重要的。

我还记得离开学校的那一天，一大早我就背着好几个大包裹来到汽车站。买票的时候，发现售票员是和我在同一个厂里搭伙的，彼此面熟。他告诉我有一位学生已经帮我买好了票。我吃了一惊,问他是谁,他也不清楚,只说学生买票的钱都是皱皱巴巴的零钱。我也想不到是谁,因为班里很多同学都知道我要走了。等了一会儿,车来了,我把行李放上车,坐在车上,往村里的方向望过去,漫山遍野是金黄色的油菜花,突然远远看到高高的铁路上站着C同学,还是穿着那件黑色的衣服,赤着脚,一只手拼命地向我挥着,另一只手牵着他妹妹,妹妹的花头巾迎风飘得高高的。

聪明的头脑和笨的精神

我在读博期间有位室友，是美国人，长得高高大大，住在新泽西州，人很友善，也很聪明，因为是篮球运动员，所以对球鞋的要求很高。他那时对"Made in China"的运动鞋赞不绝口，因为他每双鞋都是中国做的，所以他曾一度以为中国人都善制鞋，直到后来通过我，他才了解了很多有关中国的历史文化，真正喜欢上中国。他有个弟弟，比他小一岁，也是我们系的学生，经常来我们房间。弟弟比哥哥瘦一些，很健谈，两人的成绩都很优秀。那时我们三人常常一起玩，也经常争论，他们两兄弟争论不下，几乎要打起来的时候，通常就要靠我去打圆场。

很多年过去了，有一次在美东的一个机场见到我的那位室友，闲聊之间自然谈到了他的弟弟，这才知道原来这两兄弟毕业之后的发展很不一样,他毕业后要去非洲支教两年,弟弟说他太傻了,没有去。后来,他俩同在一家公司做产品工程师,弟弟常觉得那些人不够聪明,不愿与他们为伍。他承认他弟弟大概是比那些人聪明一些,应该算是属于组里最好的那30%,但弟弟自认为是1%,所以弟弟换了几次岗位,还是不行,后来只好离开了那家公司,再后来去经营父亲留下来的小公司,刚接手就把追随他父亲多年的几位"功臣"全部裁掉了,因为他觉得这些人不懂现代科技,工作效率太低。两年下来,父亲的那家小公司就破产了。照他的说法,他弟弟是一个极其聪明的人,但凡事患得患失,太过考虑自身的利益。而我的那位室友,比较憨厚,凡事不计较,人缘很好,在公司里一直做管理层工作,现在是一家大公司的副总裁。

聪明的头脑,原本是个好事,但常常带来麻烦。人有时候是需要有一些"笨"的人生态度的。处处找捷径,事事占便宜,不仅浪费了你的聪明智慧,而且对你的人生是有害的。做了多年的老师,我观察过一些聪明的学生,有几件事我想列出来请聪明的朋友多加注意。

聪明人常常孤傲自大,算一个题,他用了两分钟,其他人用了五分钟,他就瞧不起人家,后来发现自己做什么都比人家快一点、准一点，久而久之，就看不起人家。因为看不起人家，常常陷于孤独，人家会围攻他、嫉妒他。虽然他聪明能干，但人家以数人之众，敌你一人之力，绰绰有余。所以，聪明的人切忌过傲，以至于不慎，以至于浮夸。

聪明人常常喜欢走捷径、钻空子，他会追求"最佳"的方法去达到一个目的。什么是最佳？就是时间最短、速度最快、力气最省。注意，这其实正是当下社会浮躁的根源。我在龙岗住宅的电梯里，看到过一个帮人找工作的小广告，"钱多，事少，离家近"，我想，这天下哪有这么好的工作？你看他在"优选"，从钱上力求多，事上力争少，距离上力求近。他把聪明用到了"优选"那里去了。但是，对不起，这种事很难找得到。

聪明人常常比较刻薄，因为比较敏感，更容易发现别人的缺点，有时还擅长把它描绘出来，作为人家的笑料和把柄。我们中间有很多这样的人，热衷去找人家的缺点，无非想证明人家不如他，想证明自己的伟大。其实人们更佩服那些聪明而又厚道的人，对自己严格而对人家宽宏，留一条路给他人，也是留一条路给以后的自己。

聪明人常常兴趣太广。他与平常人不同，常常才华横溢，兴趣广泛。这本无可厚非，问题是当自己的兴趣太广泛时，你就不可能专注于自己的主要工作。人的精力有限，即使是聪明人，时间精力也不是无限的。很多极有才华的学者，有的甚至是天才，然而终其一生，学术成果似乎并不丰盛，估计与生前的兴趣过于广泛，而无法集中精力有关。

综上，聪明人应戒傲、戒巧、戒泛。

其实，聪明，对于成功，可能并没有人们所想象的那么重要。人们习惯了这样一种思维模式：没有钱的人，一般不会幸福，所以，有钱的人一般会幸福；同样，笨的人，一般不大会成功，所以，聪明的人一般会成功。这其实是错误的。大多数成功的人，从很多角度看其实是相当"笨"的。

我比较喜欢看钱锺书和杨绛的书，当我仔细读他们的书的时候，心会变得宁静而充满童真。这对伟大的作家，当然有"聪明"的头脑，但也不乏"笨"的精神。想想看，杨先生在九十多岁高龄时开始翻译《斐多篇》，为了一个词，苦苦思索两三天，这个精神傻不傻？快一百岁了，终于完成了自己的心愿，将一部伟大而富有哲学思想的巨著译成了中文，让我国读者能够享受这份巨大的精神财富，她哭了！终于可以松一口气了！你说她的这个精神是不是有点傻呢？她说过，

聪明的头脑和笨的精神

对于钱锺书,她一辈子做的事无非是保持了他的"痴"。想想还真的很有道理,如果没有这个"痴",他们不可能在这么纷乱的世界里活得如此纯洁高雅,如果没有这个"痴",他们也不可能在这么恶劣的环境下,依然取得这么多学术成果。我们可以从很多人身上发现这样的精神,史蒂夫·乔布斯曾说过:"Stay hungry, stay foolish."笨精神,实质就是让人能从他自身中超脱出来,超脱自身的处境和利益,看到更广大的范围,去从事更宏大的事业,而自我只是其中的一部分,有了这样的境界,一个人才能走得远,把原本不可能的变成可能。

人的一生很短,每个人的聪明才智在这短短的一生中一般都不能全部发挥出来,这正像现在的电脑仪器中多数功能其实都没有被人用过一样。但是,如果这些具备聪明头脑的人,能有一些笨的精神,聪明的头脑会由此而受到激励,以至于发挥出他们全面的才智和能力。相反,如果没有这些笨精神,聪明的头脑只是用在偷工减料、处处算计,或是世故圆滑和朝秦暮楚上,这会使人在事业上越走越窄,心情也会变得阴暗焦虑,所以我们常常看到有些聪明人活得很不快活。

我们一生中所做的每一件事就像在一个桌子上钻洞,桌子的正面平整光滑,但桌子的反面凹凸不平,有的地方很厚,有的地方很薄，而钻洞的人只能看到正面，看不到反面。所谓的"成功"，就是把桌子上的洞钻通了。聪明的头脑就像是一把锋利的钻头，钻的速度越快，洞被钻通的可能性就越大。但另一方面，也是因为这个"聪明"，当你钻不通时，你会想或许应该换个容易钻通的地方，于是你就不停地换地方，到最后你可能一个洞也钻不通。而如果你有笨精神，你会心无旁骛、坚持不懈，不仅不换钻洞的地方，而且还会去找那些厚的、别人钻不通的地方，因为如果钻通了一个很厚的地方，带来的价值可能会更大。所以，聪明的头脑与笨的精神看上去好似相反，实际上互相依存。如果把聪明的头脑比作水、笨的精神比作山，山水相印以成大美，天地足以共荣；巧拙相济而成大智，万事方能功成。

松而不懈

前一阵子，同学们都在忙着各种各样的面试和考试，有不少同学来找我询问是否有什么"锦囊妙计"。同时，不少高三毕业班的同学和家长也都纷纷参加各种"高考工作坊"，准备一场命运攸关的考试——高考，有不少家长也来问我："如何能在高考中发挥得更好？"

面对这些询问，我想了一想，我能提供的最好的建议是——"松而不懈"。面试也好，比赛也好，临场前也好，准备阶段也好，一定要放松自己，"松"才能最好地表现自己。但是，"松"又不能"松懈"。人一旦松懈，什么事情都办不成。然而，做到"松而不懈"并不容易，这要靠平时的积累，与自身的习性、意志、情操和思想方式也都有关。

初学太极或者气功的人都知道，放松是最基本的，师傅总是不停地说"要放松,要放松"。你也知道"放松"很重要,但就是"松"不下来。一场考试或一个重要活动之前,要放松那就更难了。为什么放松这么难呢?主要还是因为你把这件事想得太重要了!"紧张"的根本原因是我们在心理上过分放大了所面临的这件事情的重要性。

其实,每一个人,都是很容易把事情的"重要性"放大的。尤其是当一件事情,无论是对个人、对家庭、对公司或对国家,大家都觉得重要,这种重要的程度就会被无限地夸大。因为你觉得这事很重要,与旁边的朋友一讨论,他也觉得很重要,所以你马上就在心理上提高了这件事的重要指数。再与其他朋友讨论,亦是如此。一而再,再而三,这样下去,你就愈来愈觉得这事真的重要至极。你可以做个实验,先闭起眼睛,想一想,此时此刻你认为最重要的事情是什么?然后再想想,这个事情有多重要?最后,再问问自己,这个事情真的有那么重要吗?我们来看一个例子,现在有很多朋友在微信上发诸如养生、节食、素食、减肥之类的帖子,我也觉得很有必要,现在的物质太丰富了,好吃的东西太多,自己要经常留意,不能吃过量之食。素食我也很喜欢,自己也经常吃,但看到周围有的朋友似乎在这方面又过于执着了。

松而不懈

我认识一位老年朋友,成功地控制了饮食。他妻子说,让他吃一块肉,简直像是让他去死一般,一年内瘦了几十斤,看上去骨瘦如柴。一年后碰到,我对他说,我在德国的一位朋友比我懂养生,他觉得老年人还是应该有点肌肉的,说过这个话后两天,他马上来告诉我,他现在开始吃肉了,争取胖起来。我听了真是哭笑不得,人的生活怎么可以这么刻意呢？请注意，我不是说节食、素食不重要，而是说这些都很重要，但可能没有你想得那么重要。

另外一位朋友，是位搞工程科学的老专家，肠胃不太好，医生叫他喝粥，他喝了一阵子粥后，感觉效果不错。有一天，我们在北方的一座城市开会，那天晚餐上没有粥，餐馆是一家面食馆，找不到粥，他好像面有难色。第二天早上，我看他脸色很是憔悴，他说一个晚上没有睡好觉，胃炎又犯了，整个人看上去就像个病人似的。我也不好说他，但心里想，喝粥是好习惯，但有这么重要吗？难道一餐不喝粥人就一定会生病？

这几年我观察过周围很多人、很多事，发现不论中外，不论男女，不论老少，普遍会把一件自己认为重要的事情想得过分重要了。子女上大学是如此，赚钱是如此，加工资是如此，发表论文是如此，健身是如此，不胜枚举。所以，我常常想，当我们碰到重要的事情时，是不是应该先想想这事有那么重要吗？或许，干脆把那个重要程度"校正"一下，把你认为重要的事情的重要性乘上一个 0.7 的系数，这样所得出的结果才更客观，才更接近你对这件事所应该持有的看法与态度。

松而不懈

把事情想得过于严重，会产生过多的压力。这些压力就像你旅行中的行李的重量，太重了，你无法走快，无法走远，你人生的路会走得愈来愈沉重。

去面试之前，你可以做一些准备，但你不要把这场面试看作生死攸关的大事，好像没有拿到这个职位你就活不了一样。你要想："大不了我拿不到这个职位，那又怎么样？"金庸小说中的东方不败，后来却是常常失败，因为取胜心太切。后来他改名为东方求败，他就得胜了。原因很简单，他那个时候放松了。人一放松就会显得自然，就有可能得到古人讲的"势"，就可能因势利导，因为"势"是自然的，而且可以运用它的自然性。韩非子讲"势"："飞龙乘云，腾蛇游雾"。人一紧张，"势"就走了，就像云雾一散，龙蛇与蚯蚓就差不多了。

为什么人一放松就会把自己的智慧发挥出来呢？这件事我想过很久，直到最近看了一些古籍文献才开始慢慢有所领悟，在这里就和大家简单地分享一二。人的智慧分为两种，第一种智慧是在头脑里的，我们暂且叫它"头脑的智慧"，就是我们通常所指的记忆、逻辑、判断、知识等，有时道家的书上将之称为"识神"，即是通过"知识"所达到的"智慧"。"知识"两字,都有"口","知"是由"矢"(弓箭,古时候指传输工具)和"口"组成的,意思是可以通过口来传授的东西。"头脑的智慧"是由后天的教育和练习所得到的 rational(理性)的东西。人还有另一种智慧,我称之为"身体的智慧"。举个例子:你在演讲时,一位朋友递给你一杯水,你说"谢谢",伸手去接那杯水。当你接到水时,突然发现这杯水是滚烫的,你会尖叫一声,放开手,水杯就掉在地上了。整个过程,是手上的智慧告诉了你应该这样做,没有经过任何头脑的思辨活动。其实我们身上各处都有智慧,有丰富的传感、丰富的知觉、丰富的智慧,古人称为"元神",是人的本元的东西,我们称为"直觉",或者"顿悟",或是"灵性"。就是这类东西,有时听上去很玄,但仔细思考起来,还是非常有道理的。元神是与生俱来的、原始的、属于人的生理的基本属性的东西,是人的智慧的一个重要组成部分,甚至可以说是最重要的部分。

当然,"头脑的智慧"(识神)与"身体的智慧"(元神)是有关系的。我的理解是这种关系近乎成"反比",识神愈伏,元神愈显,意思是当我们过分思考,过分紧张,识神一直在主导着我们的行为时,元神会退后,甚至会隐去,或暂

松而不懈

时消失。反过来，如果我们放松自己，"心"归于"息"，心息相依，元神就会上来，人身体本来的智慧就会更好地发挥作用，你会感到你就是你自己，会自然而然地回答各种问题，灵动性就会发挥出来。顺其自然的态度、主动活跃的感觉、诚实灵活的反应，都能体现出你自己的那种自信与自在，这就会感动面试官，让大家感受到你的出众和优秀。而所有这一切的前提是，你必须"松"下来。不放松，你自身的灵动力是发挥不出来的。

智慧是一种弹簧力，你愈紧张，头脑绷得愈紧，智慧愈发挥不出来。

每个人都会碰到紧急的时候、危难的时候、困惑的时候，正是在这种时候，你才更需要放松自己。只有当你放松了自己，你身体的智慧才能帮助你、保护你，把你自身的优势发挥出来。有一次我在美国爬山，在往下走的时候，突然发现前面的一段山路非常陡。我连忙对自己说，"不能紧张"。我发现自己的脚马上就让脚尖落地，快速轻盈地跳着往下走，身体自然往后倾，十几秒钟后就站在比较安全的地方了。这种经历我们每个人都有，危机的时候，第一件事就是放松自己。

"松而不懈"的另一个方面是"不懈"。"不懈"是一种精神，在面试和比赛之前，这种"不懈"的精神使你能表现出那种顽强不屈的韧劲，那种执着上进的意气。你并不是随随便便、松松垮垮地在回答问题，相反，你对每个问题都很认真，一丝不苟，咬住每一个问题，尽力把它做好。这种精神，是在考试和比赛中得以制胜的法宝。

当然，"不懈"的精神是在平时养成的，坚持你认为应该做的事情，持之以恒地一直做下去，永不言弃，只有这样才能有所收获。我们在学习工作中会碰到无数非常优秀的人才，许多是自学成才的，靠的就是每天坚持自学的精神。我们去一家农场或者一家工厂，常常会发现这里最厉害的工程师、农艺师可能连大学都没念过，再仔细观察他，为什么这么厉害呢？答案很简单，那个出色的工程师、农艺师非常好学，每天积累一点东西，日复一日，年复一年，积累了惊人的知识与才能。古人讲"不积跬步，无以至千里；不积小流，无以成江河。骐骥一跃，不能十步；驽马十驾，功在不舍"，"锲而舍之，朽木不折；锲而不舍，金石可镂"。只要坚持不懈，世界上没有不能征服的困难。

所以，"松而不懈"不仅是面对考试、面试时应有的态度，而且应该是贯穿我们平时的学习工作中的一种精神。在

松而不懈

我的浙江老家有一个位于半山腰的村庄,从前有一位小和尚,发愿建造一座寺庙,于是每天都在村口,拿着一只碗,求路人布施。跟我讲这个故事的人说,不论是他,还是其他人,走过村口的时候,看见这个小和尚,都感到他很可怜,这么宏大的事业,你这么一个小和尚,每天靠在村口讨几个小钱,能实现你的愿望吗?没有一个人会相信,都觉得这是不可能实现的事,不要说建寺庙了,他自己的生活可能都是个问题。但是二十几年过去了,这位朋友返回家乡的时候,居然发现这座寺庙还真的建起来了!靠的就是这位小和尚这么每天日复一日的努力执着。一点点地积累是可以积累成巨大财富的,每天积一点,学一点,成长一点,任何一个人都能成为圣人。人的一生很长,但每个人对自己人生的长期目标常常定得太低,所以走不了太远;但对短期的目标常常定得太高,所以时常失望。

"松而不懈"是一种人生态度,既有超脱的一面,又有积极的一面;既有顺天命的一面,又有尽人事的一面;既有虚怀谦和的一面,又有自信坚强的一面。只有这样,才能在人生的大风大浪前,怀着宁静而喜悦的心情,从容地走出一条自己想走的道路来。

让手机歇会儿

从前有个人，奔走于城市与乡村之间，终日忙碌不停，有时还得上学。他想如果能有一匹马骑着该有多好，既轻松快捷，又舒服风光。终于有一天，他得到了一匹骏马，于是，便骑马到处游逛，兴高采烈，往返奔走，不知疲倦。有时候还随着马任意跑，马到河边去喝水，到山上去探花，他也像马一样悠游得不亦乐乎。就这样，他终日在马背上游玩，日复一日，年复一年。有时候不记得要办事，有时候也忘了上学。他想："我拥有的这匹宝马实在太好了！我让它到哪里它就到哪里，可以把世界玩个遍！"

然而，那匹马可没有这么想："腿长在我身上，我爱去哪就去哪。有没有背上的那个家伙，没多大关系，他来陪我，还喂东西给我吃，也挺好，他不来，我照样过日子。"

让手机歇会儿

当我把这个故事讲给坐在我面前、不停玩着手机的一位年轻朋友听时,他抬起头看了我一眼说:"你是说我就是那个不知道怎么驾驭马的人吗?"我对他说:"不,我是说,你是那匹马。"

不错,就像那匹马和那个人,谁控制谁,很难说清楚。手机与人也是如此,你完全可以设想,用手机的人就是那匹马,从来不以为上面还有一个人在控制他。马背上那个人就是我们的手机,一方面跟着马在走,另一方面在指挥着马的行动。这很像在不远的未来,当人工智能机器人进入千家万户时,人类以为自己在指挥机器人,而机器人可能并不以为然。机器人想,家里做什么、怎么做、对谁好一点,不还是我说了算!谁对我凶,我就在他的甜品里放点辣酱,让他呛死!是啊,人与机器人共处的时代是互相控制的,这就像今天的人与手机一样。

手机对人的重要性在当今社会是显而易见的。人离开了手机,就像小孩子离开了母亲,狗离开了主人,士兵离开了指挥官,惶惶不可终日。有时想来很奇妙,这手机就像是人的灵魂了!本来手机是人的通信工具,现在却变成了人的"灵魂",而人则成了手机的"脚"。

摆渡人

是啊,现代手机太智能、太好玩了。越智能、越好玩,人们就越离不开它,从而造成了人人上瘾(addictive)的现象。我亲眼看到过,在深圳爬山的路上,一位妇女边爬山边

让手机歇会儿

看手机,许久才发现她儿子早已滚到山下去了。在泉州的摩托车上,一位妇女边看手机边开摩托车,一个跟头连人带车摔进路边的沟里。我到学生宿舍,总能看到学生斜躺在床上,手上捧着手机。那个样子,让我想起小时候在老照片里看到的梳着长辫子斜躺着吸水烟的人。人对手机的上瘾程度一点不亚于鸦片和烟草,而其普及程度也要广得多。

人对手机的依赖还因为手机的便携性和智能性,这使人无法抵御手机的干扰。看看我们每天随身都带着什么东西?放音乐的iPod(便携式多功能数字多媒体播放器),要听歌的时候,你会打开它;香烟,要抽的时候,你会取一支;墨镜,阳光刺眼时,你会把它拿出来。这些东西都是你需要时才会去使用,是被动的。而手机不一样,它是主动的。一会儿电话响了,一会儿显示"你收到一条短信",一会儿显示"xxx发来一张图片"。这种主动的干扰打乱了你的思路,打乱了你本来的工作,打乱了你原来的计划,其影响尤为巨大。

我学生时代同寝室的一位同学T君,学习差一点,班里让我帮帮他。我觉得究其原因是因为他学习时间不够。但他跟我说,另一宿舍的S君,无论从学习基础、年龄,还是爱好来看,都与他差不多,而且他们每天都在一起玩,学习上花的时间也没有比他多，为什么S君的成绩会那么好呢？后来经过观察，我发现每次他们去玩，都是S君跑过来找T君，"咱们去玩吧！"因为这时S君已经做好了所有功课，而T君却刚刚开始做作业。这样，久而久之，T君总是受到S君"主动"的干扰，学业当然好不起来。后来，我让他"反客为主"，先完成功课再去找S君玩，情况就大不相同。所以，主动干扰十分有害。

手机的干扰使人无法专心，而专心又是每个人真正成就一件事的最重要的条件。我们每个人的精力都是有限的，如果整天耗在手机上，精力就被分散了。就像手电筒的光那样，本来已经微弱，如果发散在巨大的光亮里，就黯淡得看不见了！

据媒体统计，目前国内大学生平均每天上网时间是五个小时。我问了二十多位同学，统计结果是四个小时，除去必须使用手机的时间，大概为半小时，其余的三四小时都耗费在手机游戏、看韩剧和网购上……如果每天的平均有效时间以十四个小时计算，大学生每天在手机上浪费的时间就占去四分之一左右。这个数目可不少，相当于把人的寿命缩短了四分之一。如果原先能活到八十岁，这样一来，实际寿命就

让手机歇会儿

只有六十岁了。

当然,手机上网也有正面效用。智能手机是现代科技的代表,给人们的生活和工作带来了巨大的方便。只是,各位要明白,我们一方面在享受信息时代的快捷便利,另一方面亦在接受信息时代的巨大挑战!挑战什么呢?在挑战我们的意志力,控制使用手机的意志力。我发现,人对自己的能力常常低估,却常常高估自己的意志,至少我周围的人是如此,包括我本人。所以,我对手机的使用有一条规矩,在开重要会议、写论文或睡觉时,把手机放在另一个房间,让它也休息一会儿。

从这个春季开始,有的大学在图书馆入口处放了一批小箱作为"手机休息处",鼓励同学们在进入图书馆时把手机放进去,里面还可以充电。如果哪天你运气好,还会有免费券送。把手机放在图书馆门外锁好后,你便可以专心去学习了。需要的时候,你也可以随时取回。这是一项免费服务,不妨去试试。

马要休息,人要休息,我们也需要让手机歇会儿!让我们的灵魂回家歇会儿!

守墓者

我是第四次来这家旧书店了。这家旧书店坐落在京都的旧城区，店面很小，几乎所有空间都摆满了旧书，整理得井井有条。每本书都包着书皮，书脊上有主人所写的工整的汉字。这家书店有不少关于书法碑帖、古代书画和书道理论的古书，也有不少中文旧书，民国时代的字帖、课本、尺牍和连环画都有，因此我很喜欢来这里逛。

这家旧书店据说已有一百六十多年历史，店主是一对老夫妇，上午一般是老先生在店里照看生意，下午则是老太太守在店里。我与他们二人都有过照面，却从未同时看到过他们俩。今天我兴冲冲地赶来，不料却吃了闭门羹，店门锁着。不知是什么原因，今天也并非休息日，或许是老人身体不佳，或是另有缘由，我只好在心里默默为他们祷告。

守墓者

这家店是关西大学的一位教授介绍给我的,他在这个社区长大,小时候每天上学都会路过这家店,所以很熟。这位教授也领我去过京都其他的旧书店,从那时开始,逛旧书店就成了我的一个业余爱好。京都的旧书店很多,虽然其他城市,如大阪、东京甚至札幌都有旧书店,但规模不像京都的这么大。旧书店的收藏通常也都非常丰富,你能在其中找到各类书籍,更有妥善保存的书籍珍本。有的书店则比较专业,专营艺术、音乐、历史、宗教或科学方面的图书。逛旧书店不仅能够了解到许多历史、文化方面的知识,还能淘到一些自己喜欢的,但平时很难找到的珍贵资料。

这些旧书店的店主常常是老人,书店是几代人继承下来的。客人很少,我在店里几乎很少看到其他顾客,生意的景况可想而知。我常常纳闷,这些书店怎么生存呢?如果在中国的某个城市,这些书店可能早就转做衣服或金银首饰的买卖了,生意肯定比旧书店好。要不然就把这些老房子卖掉,这或许也是个好主意,因为这些书店通常都位于黄金地段,房子的价值肯定不菲。

然而,在这里,就有那么一批人死心塌地坚守着这些旧书店,似乎虔诚二字都不足以形容他们对旧书店的执着。回

想我上次去前面提到的那家书店,老太太在店里,她已经认识我了。我在店里徘徊许久,心里总想要买点什么。一方面,我是长途跋涉而来,如果空手而归,好像很不应该;另一方面,我看着老太太怪可怜的,只我这一个顾客,如果今天我没买什么东西,她这一天可能就白来了,所以我很想帮衬她一下。最后,我看中几本不错的碑帖,但价格较贵,人民币四千多一本。我想与她讲讲价钱,看能否便宜一些。我想她应该不会拒绝,毕竟她这书店的生意并不很好。

但是,完全出乎我的意料,老太太立刻回绝了,坚持以原价才肯出售。她的神情好像法官宣判一般,严肃而无可商量。对此,我也只好放弃。当我把碑帖放回到书架上方的时候,蓦地抬头,看见那一排排摆放着的碑帖,俨然似一块块墓碑……啊!昏暗的灯光下,我朝那位老太太看去,她不正像是一位守墓者吗?

是的,他们都是守墓者,守护的是"文化传统"的墓。如果不是为了守墓,他们无须这么执着、这么坚定。只有守墓者才讲信仰、讲承诺、讲道义。守墓者从来不问功利,也不谈生意!

我对店主人的尊敬之情油然而生。北宋张载讲过"横渠四句":"为天地立心,为生民立命,为往圣继绝学,为万世开太平。"我早年读这四句时,总觉得除第三句以外,都讲得很好,对这第三句"为往圣继绝学"百思不解,有那么重要吗?会有那么艰难吗?但此刻,从京都这些旧书店的店主身上我才深深悟到继承传统之不易!如果没有这些"守墓者"的执着坚持与寂寞守护,那么过往的文化与悠久的传统真将成为"绝学",那世界文明会失去多少光彩!

念及此,我感到无论如何我得买点东西再离开。于是,我挑了几本古代碑帖和旧书,不问价钱就买下了。老太太把这些书整整齐齐地包好,我道谢离开了书店。不远处有个公交站,我去那儿等车回酒店。

等了还不到十分钟,天开始下起小雨。一会儿,我看见那位店主老太太气喘吁吁地跑了过来。她看上去是那么矮小,背完全驼了,因为她平常都坐在书店的柜台后面,所以之前我并没有注意到。我急忙迎过去,她手里拿着三百块日元,对我说,其中一份碑帖尚未装裱,价钱多算了,应退还我三百元。同时,估计是看到下雨了,她还拿来一把雨伞和一个大塑料袋,说着就帮我把那批书装进了塑料袋中,并把雨伞送给了我。我忙着道谢,因为如果这些古书被雨水淋湿了的话,那可就太糟糕了。

等我回到酒店,已是黄昏时分,远处传来古寺的钟声。我打开刚买回的旧书,细细品味古人的智慧与才华。回想在那家旧书店买书的经历,忽然感到我与店主人之间似有一种莫可名状的联系。我眼前的这本旧书,经他们悉心保管多年,从今天起转托至我的手上,由我来保管了!这难道不是我们之间的某种缘分吗?如果这些旧书也有生命,它们在那里等了多少年,当人们一个个无情地路过,却只有我将它们从书架上带走,这难道不也是我们之间的缘分吗?

不知不觉,雨已经停了。看到玄关处搁着的那把雨伞,我仿佛又看到那位矮小瘦弱的老太太。我想她哪里是在卖书啊,分明是在嫁女儿!你看她是那么慎重,那么虔诚,那么小心翼翼,那么依依不舍……

每一个人都有自己的理想,但理想是一条山道,并非所有人都能走到最后。山路上开始时很热闹,走着走着,人就愈来愈少。当我们也想停下来,或换走平路时,看到前面仍有人在那儿掌灯前行,顿时像看到了希望和光明,因而有勇气继续孤独地向前走去。

小师父

童年时,我曾与家人去浙东乡下的一座寺庙,拜访在那里担任方丈的远房亲戚。寺庙位于江湾口,上了河埠就能看到两扇红色大门。门上有两幅十分凶相的罗汉画像,让人看了不禁感到有点恐惧。庙并不大,进门有几间厢房,后面是一个院子。

院子里青松翠柏,景色颇为雅致。院子右面长着一棵十分高大的青松,青松旁有一口井。那天清晨,我看到一位小和尚在井旁洗菜。我站了一会儿,他看见了我,就叫我"三少爷"。我不知道怎么叫他,问了祖母后,祖母说就叫他"小师父"。小师父眉毛很淡,眼睛很细,脸色白净,笑眯眯的,很和气。我看他老是在洗菜,问他为何要洗这么多菜,他说今天客人很多。我说我们从城里带了很多东西,有芝麻酱等等。他说那是给大和尚吃的,况且有客人在,他不可以吃。我心里不免为他感到有点不平,但他还是笑眯眯的。

小师父可能比我大个五六岁吧,因而我可以问他很多东西。我问,我房间门外的观音菩萨是男的还是女的?她怎么能站在一条红色的大鱼上面不掉下来呢?她为什么老是盯着我看呢?很多时候他也答不上来,但他总是很和气,老是笑眯眯的,嘴上支支吾吾,而脸上笑眯眯的,那个样子很是可爱。

第二天下午,我在房里看书,侧面墙边很高的地方有一排很大的铁罐,是放祭品用的,里面有我很爱吃的"金枣"。金枣其实是条状面粉油炸后涂上一层冰糖做成的,又香又甜。我看完书,忽然有点肚饿,想去拿点金枣吃,于是爬上桌子。但站在桌子上也还够不着那排铁罐,于是就拿一把椅子放在桌子上再站上去,终于打开了那个铁罐,伸手进去取的时候,因为铁罐很深,一不小心,整个铁罐从高处掉下来。幸好人靠在柜子上没事。一声巨响,把我吓得不敢动弹。我那远房亲戚方丈在外边念经,喊道:"什么事啊?"小师父闻声进来,看到我站在桌子上,一脸尴尬的样子,他就把门关起来,对外面说:"没什么事,铁罐掉下来了,大概是老鼠吧!"我心里好生感激小师父。

接下来的几天里,人们都忙着烧香、念佛、会友、聊天,我主要跟着小师父转来转去。小师父带我去得最多的地方是后园。地母殿后面有一片小小的草地,草地上有一棵大树,好像是樟树,再过去有一棵小树。小师父说,这棵小树其实比大树年长,因为是黄梁木,长不高。小草坪后面是一片茂密的竹林,小师父带我一起去采过几次笋。他说,如果笋头露在外面,笋就已经老了,不能砍来吃。要看到地面上有点松松的泥土,用锄头稍稍挖下去就能看到白白嫩嫩的竹笋,那笋才是最鲜嫩可口的。

竹园旁边有条小路,小师父在前走,我在后面跟,常常看到有些小动物,像蜗牛、蜈蚣、蚯蚓,路上有时还有小蛇。小师父总是用手上的竹竿把它们拨到路旁。我问他为什么要去拨,他说在路上会被人家踩着,让它们到旁边去,回家去。他一边弯着腰去拨这些小动物,一边笑眯眯地叫着:"走开,走开……"

小师父无论洗菜还是念经,常常坐在一把竹椅上。破旧的竹椅很大,他人很小,看上去很不相称。他每次坐在上面,竹椅都嘎吱嘎吱地响,好像要坐破的样子。我后来发现,小

小师父

师父每坐上去的时候,都要把竹椅抖动抖动,然后再坐上去。我问他为什么,他说椅子旧了,里面有很多小虫,坐上去后可能会把它们压死,所以要先抖动一下,让它们跑掉……回想这些事,我真觉得小师父是一个善人,虽然那个时候太小,还不知道什么叫善良。

我小时候比较文静,说话不多,爱看书,整体来讲是那种比较听话的孩子,所以大人都很喜欢我,尤其是我祖母。印象中我与祖母好像从未有过争拗,唯一的例外就是每天晚上睡觉前,她总是要催我"太晚了,不要看书了,睡觉吧",而我总是坚持要再看一会儿,或者说,想把这本书看完。在寺院里也是这样,祖母催过我两回,我还是在那里看书。小师父这会儿进来了,又是笑眯眯的样子,轻轻地对我说:"我放了个很热的火铳(chòng,火铳是一种铜器,里面放着烧热的火炭,是南方人冬天取暖的工具)在棉被里,赶快去啊!"经他这么一说,我也迫不及待想赶紧上床睡觉了。

短短几天的寺院生活,其余的人和事我都差不多忘却了,唯一忘不了的是那位总是笑眯眯的、善良可爱的小师父。

善良是一种习惯,只能潜移默化地养成,尤其是在童年和青年时代。人这一辈子,大家所肯定和赞许的往往是才华和能力，但其实很少有人是因为才华和能力的出众而成功的。成功主要是靠平时养成的"习惯"。记得有人说过，人生的前三十年是你养成一种习惯，而后三十年是习惯造就了你。所有的习惯中，我以为善良是最重要的。因为这个习惯能使你包容、耐心、体谅、感恩，从而使你真正领悟人情世理，有广阔的胸襟和广泛的人脉。我们从周围的人中可以看到很多很好的习惯：勤劳是一种习惯，诚实是一种习惯，节俭是一种习惯，守时是一种习惯……这些都是好习惯，但都没法与善良这个习惯相比。因为如果没有这个习惯，即便有了其他那些习惯，我们也只不过是一个盲人大力士，一个没有灵魂的精英。

说到善良，也许人们会说是一种软弱，其实不然。鲁迅先生曾说"无情未必真豪杰，怜子如何不丈夫"，一个人，如果没有对人性的感动，我觉得好像很难会对美感动、对自然感动、对科学感动。只有当你拥有心底里的善良，你才会有用之不竭的快乐能量，从而拥有长在骨子里的坚强。

我记得小师父的另一个重要的特征是他可爱的笑容。那双弯弯的小眼睛。似乎你一看到他，就会想要微笑，他笑起来，总是眯着眼睛，微微笑着。虽然含蓄，但却是从他心里流露出来的真诚、灿烂、喜悦的笑容。尤其在那个年代,周遭的人们都在饥饿、贫穷和动乱中挣扎,小师父的微笑对我而言更是弥足珍贵。

微笑是一种美,是最高层次的美,这是任何修饰和穿着都无法企及的美。我们周围有很多漂亮的人,你会发现只有当他们微笑的时候,他们才是真正美的。我们学校的几位学生主持人都很出色,我常常对他们说,化妆也好,服饰也好,背台词也好,都不是最重要的。最重要的是,你有没有微笑。因为只要你微笑,即便你犯了错误,人家也会原谅你的。反过来,如果你不带微笑,即使你不犯错误,人家也会想要寻个错误出来。通过微笑,你想要沟通的人会感到你的亲切,所以他们也会对你亲切。通过微笑,你会让人感到你的诚实,所以他们也会对你诚实。

微笑为什么那么重要呢?因为微笑是一个人心灵的窗户。从你舒心的微笑,人们可以看到你心灵的房间是明亮的、畅朗的、清净的和温暖的。所以,泰戈尔说:"当你微笑时,世界就爱上你了!"

当然,微笑,说得简单,其实那是无法刻意做到的。人,就像一棵大树。我们的善心就像树的根须,牢牢地扎根在土地里。微笑就像大树的树叶,随着微风飘动。因而,善良是根,是因。微笑是叶,是果。两者是因果关系。

微笑的小师父,我以后再也没有见过他!有人说小师父已经在动乱中过世了!一晃几十年过去了,去年我有心去寻找那个寺庙,几经周折,终于找到了寺庙大门。寺庙在"文革"期间全被毁了,只剩下两扇前门和一道断墙,红色斑驳的大门上还依稀可见那两幅十分狰狞可怕的罗汉,寺庙旁边那块嘉庆皇帝所立的石碑还在。

庙门上两幅狰狞可怕的罗汉的脸与微笑着的小师父的脸,这样两幅极为不同的图像,像电影一样反复交替出现在我眼前。我虽然不能说喜欢这两幅狰狞的罗汉像,但我想,如果它有灵的话,或许是我童年时与小师父在一起的那段美好时光的唯一见证者。

未到庙门外,我面前是一望无际的金色的油菜花田,身后是一片麦田。我仿佛看见了小师父的微笑像一袭轻风,吹过油菜花田,又缓缓地吹向我身后的麦田。

草原上的黄花菜

夏天的锡林郭勒大草原，像浩瀚的大海，广阔无垠。微风吹过散发着浓浓青草香的大地，那清香沁入肺腑，令人心旷神怡。我们驾着四辆车从锡林郭勒盟向东北进发，边唱歌边飞驰在大草原上。一会儿，我们索性驶离公路，直接开到草原上。这里的草原真的太美了！天上的云特别低，一朵朵云像白色纯洁的花，很低，低得好像可以用手摘取。阳光透过低低的云层照射到辽阔的草原上，使草原染上了不同的颜色，有的是翡翠绿，有的是金色，有的地方是青蓝色，有的地方是墨绿，五彩缤纷，美得无法用言语来表达。

因为前一晚下了点雨，草地有些潮湿，我们车队其中一辆车陷入沟里，只好停下来。下了车，踩在草原上，更亲密感受到了草原的气息。万万没有想到，草原远看有远看的美，近看有近看的美。远看它像大海，近看像是无边无际的花园。无数种不同颜色的花朵，像色彩缤纷的繁星撒在蓝色的天幕上。

忽然间，同行的朋友问道："那是什么花？"他指着一种黄色的花，乍看有点像水仙，又有点似喇叭花，再一看，那种花遍地都是。同行的牧民告诉我们那是黄花菜。开花的叫黄花菜，不开花的叫金针菜，都可以食用。

我忽然想起，这就是我们小时候常吃的金针菜，晒干后是黄色的，可以炖肉吃，鲜嫩可口，还能使炖在一起的肉不那么油腻。它也可以和豆腐干一起夹在豆腐皮中做成卷状，可蒸着吃，也可炸着吃，我们管这叫"素肘子"，是一道十分可口的素食。

然而，黄花菜有这么好看，这在以前却是不知道的。

草原上的黄花菜很美，美得很自然。自然的美，其实是美的最高境界。

很多年以前读一本美学的书，书中讲到对称是美的一种。我很同意，从许多美的建筑中能很容易找到这条规律。但仔细想，这种对称还是应该符合自然的原则。你说树是不是对称的？树的美，是因为它对称，但也是因为它不对称。完全对称的树是没有的，自然界不存在这样的树。所以，"自然"比"对称"来得更为重要。

"自然"并不意味着原始、天然，而意味着"不刻意"。美，是不可能刻意做到的。我从小看过不少古代书法家的字，尤其在行书方面，比较喜欢米芾和黄庭坚。宋人称"苏黄米蔡"，我常想，苏东坡为何排在第一呢？后来，随着时间的增长，我也愈来愈喜欢苏东坡的行书。他的书法极为自然率性，不是故意要表现美。而是自然散发出来的那种美，就像草原上的黄花菜，有大有小，有长有短，叶子有青有黄，花色有深有浅。如果旁边摆一盆五千元的君子兰，你很容易发现哪个更美，因为黄花菜更自然。

大家纷纷采着黄花菜，我以为大家是要采回去放在花瓶里观赏，没想到大家都说要采回去炒着吃。牧民们平时就是这样采回家做菜吃，或者拿到市场去卖的。

同行的那辆车已经从沟里被拉了出来，我们继续驾车前行，然而我的思路却还停留在黄花菜上。我想，这么好看的花却去做了烹饪的材料，是不是有点可惜呢！这世界上既好看又好吃的东西可不多啊！常常是好看的东西，不实用；而实用的东西，又不好看。

外表与内在都值得称道的东西实在少见。比如说，近年来许多大城市都兴建了一些地标性的建筑，剧院、博物馆、体育馆等等。外形看上去美轮美奂，绝对出自大手笔，但如果有机会进去看看，就会发现许多不尽如人意的东西。音乐厅拥有超现代的外形，但进去落座之后，你发现你连腿都伸不直，座位空间实在太小了！而演出就更是惨不忍睹了，"一流的外形，二流的装修，三流的演出"。反过来，内容功能倒还实在，但外表却不能恭维，这种东西也不少。你去看看近年来建的桥梁，亚洲的许多著名河道上如今都架着几座，甚至十几座桥梁，大大提高了运输能力，促进了经济发展。但这些桥在外形上常常千篇一律，没有像金门大桥那样给人以一种美感。

外形的美与内在的惠确实很难统一。为什么呢？我的思考是这样的：外在的美以感觉为主，而内在的惠以理性思维为主。就像我们看到任何一件艺术品，突然感到眼前一亮，喜欢上它了，那全是感觉，与理性思维无关。有朋友曾问我王羲之的《兰亭集序》为什么世世代代受那么多人喜欢，它究竟好在哪里？我也说不出来。大家喜欢它主要凭感觉。

所以，我一方面愈想愈感到草原上的黄花菜的神奇，另

一方面愈想愈觉得艺术与科学技术结合的重要性。

晚上在蒙古包里吃大餐——全羊宴。这里的羊肉真好吃，我从未吃过这样鲜嫩多汁的羊肉。然而，最受欢迎的却是黄花菜。新鲜采摘而来,再配一些肉丝烹饪,既有蔬菜的味道,但比蔬菜鲜嫩;又有蘑菇的味道,但比蘑菇有质感。

草原上的黄花菜是这么美味可口,以至于让人忘记了它原来还可以这么美丽。它又是如此美丽,以至于让人怀疑它原是这样美味可口。人也是如此,我们学校有的同学弹得一手好琴,以至于让人忘记了她还是一位数学高手;有的同学在竞赛中显得智慧聪明,以至于让人怀疑他们俊朗美丽的形象是否是真的。

美的熏陶是学校教育的重要一环,不幸的是这部分的教育常常为人所忽略。美是一种潜移默化的熏陶,是需要培养的。尤其在年轻的时候受到美的熏陶,人们才能在成年后的行为中体现出整体的美感。一个建筑工程师,如果没有对美的感知,他所设计的桥梁当然只能是一条贯穿大河两端的水泥路面。我们强调美的教育,并不是要忽视"真""善"和其他方面的教育。事实上,学校教育是一个整体。我们上数学课并不是要求每个学生今后都去做数学家,同样,我们请校外艺术家驻校,让同学们学习音乐和美术,并不是要求我们的学生今后都成为艺术家。我们是希望学生无论今后从事什么工作,他们都有广博的胸襟、丰富的心灵、深厚的学养和平衡的心态来处事待人。我们是希望通过美的教育使我们的学生成为一个热爱生活的人,能够享受人生的乐趣,能够珍惜生活中碰到的哪怕最简单朴素的事物。

这里我不禁又想到了苏东坡,这位才华横溢,几乎在所有领域都贡献卓著的古人。你看,书法上的"苏黄米蔡",他排第一;在绘画上的"苏米",他列于米芾之前;散文上的唐宋八大家,他们父子占了三人。诗词更不用说,网络上唐宋诗人的排名,他是仅次于杜甫的引用率最高的诗人;词人而言,人称"苏辛",他列于辛弃疾之上。然而我想要说的不是这些,我想说的是,他即便在潦倒落魄,带着家人颠沛流离的时候,居然还在黄州发明了"东坡肉",这道一直流传至今的菜肴。在我看来,苏东坡的伟大之处就在于他对人生的热爱。而这种热爱,如果没有对美的感触和对世间人情物理的理解,是不可能做到的。

说到苏东坡,我不由得记起小时候家里常做的东坡肘子。下面配菜放的正是黄花菜。是的,就是那个兼有美丽与实用性的黄花菜。

一个没挤上火车的人

那是十几年前的一个冬天,我从香港赶到深圳,准备与一位内地来的朋友吃晚饭。不料这位朋友的飞机误点了,等了三个多小时尚未起飞,只好改为第二天早上的航班,而我却已经过海关到了罗湖。那个傍晚很冷,可能是快过年了,街边的小店里都挂着很多红色的春联,摆着南北货、糖果袋等等。邻近火车站,熙熙攘攘,我好不容易找到一块人少一点的地方歇脚。

感觉肚子有点饿,我想不如随便吃个晚餐,于是走进一家小饭馆,里面已经满了,只好坐在临街边露天的一个圆桌前,点了两个菜。还没开始吃,服务员跑过来对我说:"不好意思,这位客人能不能与你拼桌子?"我说:"当然可以。"一个大圆桌,我一个人坐在那里,空荡荡的,有个人来坐也无妨。

来人是一位三十几岁的男子,清瘦,一看就知道是个民工。两大包行李放在桌旁,把我放脚的位置都几乎占没了,他连声说"对不住"。坐下后我随便问道:"你是去赶回家的火车吧?"他沉默了一阵,那深锁眉头的脸开始激动起来,声音从低到高,中间夹着不少骂人的话,大意是:他是河南人,在这里打工已经十几年了,这两年找了个本地人结婚了,生了一个儿子。今年是三人第一次一起回河南老家过年,二老都没见过他媳妇和小孩,他们三人是前天来深圳买火车票。不料,前两天怎么也买不到票,试了很多方法,找了很多门道都没有用,最后还是没有买到车票。今天一早,一个票贩子找到了他们,说能帮助他们买票。他想想在寒冷的火车站广场过夜的滋味,尤其是孩子还太小,赶忙说"行",决定买高价票。半小时后,那个票贩子还真的搞来一张票,他们喜出望外,以为这下可以坐下午晚一点的火车走了。不料,票贩子再也搞不来第二张车票了。火车马上就要开了,怎么办呢?他们只好决定让媳妇带着小孩先用这张票上了火车。

他就这样留了下来!他是一个没挤上火车的人!

他一边说,一边喝啤酒,看那个样子是蛮痛苦的。几年没回家了，本想这次回家看看家里。父母都老了，媳妇从来没见过他们家的人，孩子又太小；媳妇一个人在路上要转几个站，不知能否搞得清楚。我也不知道如何安慰他，只是建议他，不如多打打电话。那时的手机不像现在这样普及，他说他有一个破手机，已经给他媳妇了，他要打电话就得跑到电话亭里去打。

虽说很同情他，但也帮不了他什么。他说，今天晚上可能又要到火车站去过夜了。我忽然想到，我那位朋友今晚飞不到了，不如让他住我朋友那个房间，于是我打电话给朋友，帮他们联系上，张罗好此事之后我就从罗湖海关回香港，打算明早再来见我那位朋友，如果他明天早上能起飞的话。

坐在回香港的火车上，我的思绪还在那位没挤上火车的老兄身上。这位老兄蛮惨的，明天还不知能不能挤上火车。看他的那个样子，好像希望不大。说到"挤火车"，其实每个人都可能会有这种经历。人这一辈子，从大的讲，都是在赶火车。有时挤上了，有时挤不上，你不可能每趟火车都挤上，也不可能每趟火车都挤不上。考试、上学、升职、加薪，统统都是如此，不是吗？挤上了，欢天喜地，兴高采烈；没挤上，埋怨委屈，沮丧悲哀。

一个没挤上火车的人

这个世界充满着不确定性。人多机会少,竞争激烈,凡事必须"挤"。从小学到大学,这十来年的学习过程,实际上就是一个"挤"的过程,毕业后,你以为可以轻松了,其实更"挤"了。人这一生,说到底就是一个一直在"挤"的过程。想想我自己,当年高中毕业后去下乡,那时所有的知识青年都梦想有一天能"挤"回城里。我在村里经历了三次这样的过程,第一次返城支工,我"挤"不上;第二次是参军,我也"挤"不上;第三次是"考大学",这趟车来得出乎意料,"挤"得很有喜剧色彩,所以我不妨把它叙述一下。

1977年,中央确定恢复高考,所有在"文革"期间的中学毕业生(十一年的初高中毕业生)都可以参加。我半信半疑来到所在的公社机关,干部说消息基本是可靠的,但像我这样的情况,要有两年以上的农村经历。我申明了虽然我户口迁入农村两年还差几个月,但事实上我在这里已工作两年以上了。几经争取,那干部给我开了个证明,说:"你自己去碰碰运气吧!"

大概过了两个星期,粉碎"四人帮"后的第一次高考就开始了。我怀疑我能否参加考试,更怀疑光凭考试就能被大学录取。我一天都没有复习,其实即使复习,也不知复习什

么，因为连考什么科目都不清楚，况且只有两个星期时间复习。好在我在村里几乎每天晚上都读书，那时候我什么书都读，凡是有文字的东西都读。有哲学、历史、文学、宗教、逻辑、地理方面的书，也有电工、拖拉机、数学、植物保护方面的书，有《鲁迅全集》，也有马克思的《资本论》……那是我一生中读书最多的一段时光，也是我最为快乐的一段时光。

一个没挤上火车的人

考试那天,我带着公社证明去了考点。那是离我下乡的地方不远的一家乡村中学,有五十几个教室,每个教室有四五十人。各乡来参加考试的,人山人海。一到门口,一个戴红袖章的民兵模样的人就挡住我。我给他看了公社证明,似乎还不能说服他。这时,一位来监考的老师过来门口,看了我的证明就对那位民兵说:"今天来这么多人,估计没几个能考上的,你就都放他们进去吧。"就这样,他就放我进去了!

考试进行了三天,每半天一次,总共六次。每个人都考得很差,不少人交了白卷。到第三天,来考的人少了很多,整个考场冷清清的,不像第一天像赶集的样子。我自己也整天糊里糊涂,有很多题目也不知道怎么答。

又过了一个月,公社里通知,每个参加考试的人都要去填写大学志愿。我想,这倒奇了!还问你要去哪个大学?世界上居然有这样的好事?让我去哪儿都很好啊,只要有书读,什么地方都行!等我到公社时,那里已有很多人了,大家都不信这是真的。我就随手拿来一份当地的报纸,把列在那里的第一、第二和第三个学校填入了自己的第一、第二、第三志愿。我后边的一群农友们看到了,对我说:"干脆你帮大伙填好算了,我们自己写上姓名号码。"就这样,我就帮他们填，胡乱地填，每张表格上都变动一下。不是为什么，只是觉得这样交上去看起来会好一点，就像抄别人作业时会稍稍改动一下，如果完全一样，怕老师会看得出来。

大概已到冬天了，有个朋友告诉我，"你可能考上了！"我第二天就去县城，城里人都在议论此事。他们告诉我，县里百货商店大楼的墙壁上贴着名单。等我到百货大楼时，天已傍晚，又下着滂沱大雨。我在雨中看到几张很大的大字报贴在墙上。因为下雨，上面部分的纸张已经脱落，卷着掉了下来。我急匆匆地找着我的名字，没有找到，心想，大概人家搞错了。第二天，路上碰到一位邻居，他说他亲眼看见我的名字，在第一行的。我又跑回去看，还是没有找到我的名字。但大字报的上边卷着，那掉下来的部分什么也看不到。如果我的名字是在第一行，那可能是看不到的，所以我始终没在榜上看见我的名字。

三天后，县里有人打电话通知我，说是被第一志愿录取了。当我知道这消息是真的时，我第一想到的不是自己，而是，我帮那批农友所填的志愿都是连我自己都不知道的学校。这下糟糕了！后来才知道，那批人中没有一个人考上，所以填对填错都不重要了。

一个没挤上火车的人

我就是这么"挤"上大学这趟列车的。

人的一生其实没有成功与失败,只有"挤上"还是"挤不上"火车之别。这个世界无论生活还是工作,其实都是在赶火车,有时挤上了,有时没挤上。

高考上大学、参加比赛、找到好工作、升职加薪都是"挤火车"。甚至交到一位好朋友,买到一套合适的房子,也是"挤火车"。当我们"挤"上了,庆幸之余,应感激那些帮我们、"托"我们挤上火车的人,不应自负。我们今天挤上了,明天还可能有挤不上的时候;挤上了,还有下车的时候。如果有可能,尽量去拉一把没有挤上火车的兄弟,就像那些曾帮助我们挤上火车的人。

当我们没有挤上火车的时候,我们也不妨坐一坐、歇一歇,对自己说,还会有下一列火车的。自尊自重,只要我们的梦想还活着,只要有足够的勇气和毅力,我们一定有挤上火车的那一天。

人的一生都是在"挤火车",人们常常在意一次"挤火车"的成功与否,而对挤一辈子火车这件事准备不足。然而,"挤火车"是一辈子的事业,我们每天都在路上,在火车上,都在跟着呼啸的列车前行。

冬日的太阳

只有到了冬天，才能真正感到太阳的温暖。

在寒冷的冬夜里，睡觉是最辛苦的。那年我在下乡，冰封的村庄，冷风刮在脸上很痛。冬天特别长，厚厚的雪压在我孤独的小屋上，四面的门窗缝里吹着劲风，整个房子像一架破风琴。每晚第一件事是用报纸糊住门缝窗缝，再把棉被的一端用绳子捆住，穿上厚厚的袜子，脖上围上毛巾。即便这样，晚上还是要被冻醒好多次。

那时，最渴望的是冬天早晨的太阳。一看到有太阳，那种高兴是无法用言语来形容的，于是赶紧吃完早饭，去太阳照得到的墙角边，站在那里。往往已有很多人站在那里，等候生产队长分配当天的农活。很多人可能不知道，冬天里看到太阳的感觉，一开始很刺眼，骨头里会轻轻地发痛，然后是暖洋洋的。我站在那里,看着太阳,看着那洒满金光的树叶和被阳光照亮的冰封的河道,心里想说,上天啊,你只要给我太阳,让我做什么都行。哪怕现在让我去死,我的脸上也会有微笑。

只有经过寒冬的人,才会真正珍惜太阳。

那是我住在村里的最后一天,奇冷。因为路上积冰,很滑,从城里走到乡下花了十几个小时。到村里时已是黄昏时分,天几乎全黑了。我推开自己住的小屋门,拉亮电灯,不禁大吃一惊,满屋的地上坐的都是人,每人手上都拿着一些东西。原来,他们都知道我刚刚收到通知,考上了大学,要离开村庄,是来送我的。有的手上拿着剥好的毛豆、绣花的枕头套、布鞋等,有的带来了扁担、塑料包,以便我搬运。平时爱说爱闹的小伙伴们,这会儿沉默得可怕。就这样,大家在沉默中坐了一会儿,再一起安静地帮我整理行李。想到自己可能再也不会回到这间小屋了,我心里不禁怀念起这段凄清而热闹的日子。

那晚,风雪交加,天气冷得连屋里的水缸也结冰。我躺在床上一直睡不着觉,不是冷得睡不着,是热得睡不着!

想到我要离开这些患难中的伙伴,想到苦难深重的村民，我睡不着。想到我终于熬过了黑夜，将要看到光明！终于可以重新开始上学的生活了！自己的梦想快要实现了！我睡不着。

那个激动，那个憧憬，那个梦想，像火一样在燃烧，我一点也不感到寒冷。

从那时起，我就深信，心中的梦想，会化作我们灵魂深处的激情。就像冬日的太阳，它像火，会驱走所有的寒冷，它是我们在漫长人生道路上前进的唯一动力，是任何人做成一件事的必要条件。

我曾经听过这样一个故事，讲故事的人是位出生在浙江的老人。他小时候住在浙北的一个乡村里，常常见到一位比他年长四五岁的小和尚站在村口的小路口，背着一个灰色布袋，对过路的人讲，他想在村后的山坡上建一座寺庙。过路人都不把他的话当回事，觉得这个孩子怪可怜的，那就给他一分钱吧。所有人都怀疑他，这么一个小孩能做成什么大事？很多夜晚，他都在村口看到一盏小灯，那是小和尚手执的风雨灯，一边为行人照明，一边化缘，当时他想这个小和尚挺可怜的。

过了十几年，这位朋友已经成了一位大学生，他读的是地质学，所以需要去野外山地勘察地貌地质。有一次他正好来到他家乡附近的山区，走着走着，发现一处建筑工地，地基已经打好了，工程停在那里。再一看发现工地角落站着一个出家人。他走近一看，那人正是童年时他经常遇到的村口的那个小和尚。小和尚已经二十来岁了，遇见他十分欣喜，对他讲这些年来，他把这寺庙规划筹建起来，现在基础已经打好了，当然还是缺钱。这位朋友听了非常吃惊，十来年下来，这么一个小孩靠在村口求爷爷、告奶奶布施这点钱，还真的建起了这个寺庙的基础。他非常感慨，当然，还是不相信他能真正建起这间寺庙。

又过了大概十来年，这位朋友已经从一位大学生变成了一个很成功的中年人士。他衣锦还乡，一到村里，就看到村后的山上有一处雄伟的寺庙，金碧辉煌。他连忙询问，村民们告诉他，就是村口的那个小和尚积的德，把这座寺庙建起来了。他简直不敢相信自己的耳朵和眼睛，这么一个弱小的小师父居然能完成这么一件宏大的事业。

我听了这个故事也很感动。是的，如果是我碰到村口这个小师父的话，我也不会相信他竟然能完成这么一件大事。人对一天所能做的事常常过于乐观，而对一生所能做的事常

常过于悲观。最为关键的是你要坚持自己的理想，永不言弃。这一生还说不准真的能够完成一些常人以为不可能办成的大事。而之所以你能坚持，是因为你有梦想。

这个故事告诉我们梦想是何等重要！有了这个梦想，纵然千辛万苦，也会无比幸福。为什么梦想有那么重要呢？因为只有梦想，才能使你久久地倾注所有精力，从而滴水穿石。你才会在失败时依然坚持你的梦想，最终实现你的梦想。相反，如果没有梦想，你不会全力以赴，无法集中精力，即使你有多么聪明、多么能干、多么勤奋，最后还是会与成功失之交臂。

我们今天的时代，不缺财富，不缺奢华，不缺安逸，但缺有梦的人。没有梦想，多少财富也带你走不了太远！反之，它会使本来应该奋斗的、年纪轻轻的你去选择安逸。

你心中的梦，就是太阳。有了这个太阳，你就永远年轻。你的梦想与现实相距越远，你就越年轻。

太阳，那个冬天的太阳，只有它才能使我们像远方的风那样，比远方走得更远。

神算王先生

旧历过年时,在我们老家,人们常常会去算个命,卜一下当年的运程。王先生是我家乡的一位算命先生,因为是个盲人,所以人们也叫他"王瞎子"。王先生身材微胖,穿一身淡灰长衫,手持一竹竿,竹竿的头部有个橡皮盖,整天穿街走巷。他声音极为洪亮,如一口低沉的古钟,人们往往还没见到他的身影,就已经听到他的声音。王瞎子有时会戴一副墨镜,有时却不戴。他的记性特别好,一听到谁家小孩子的声音,他就叫得出名字,所以大家都很喜欢他。

小时候我常在我老家门口看到王瞎子。记得有一次,正值"文革"期间,我的表哥很快要去新疆支边。那时候每户人家都在动乱中过日子,听说表哥要去支边,大家都感到很是担忧。表哥因为和王瞎子熟,远远地听到王瞎子的声音,就赶紧叫王先生过来坐坐。于是,王瞎子就过来,坐在我家那把旧竹椅上。他一开口说话,那把椅子就会吱吱作响,不知是因为他的体重,还是因为他洪亮的声音。

寒暄几句后,他对表哥说,你要朝西北方向走,越西北越好!我们心想,奇了!新疆不就是全国最西北的地方吗?后来他又讲了很多,我也不记得了,只记得他最后用一首古诗结尾。我也不是很清楚那首古诗的意思,大概是讲虽劳虽苦但有机会,男子汉要跑码头,要志向远大等等。于是,大家就有说有笑起来,一扫刚才悲凉忧虑的气氛。

另有一次,我放学回家,在离老家门口不远的一个小街口遇到王瞎子。他周围围着一大堆大人小孩,竹椅上坐着一位大肚子的孕妇。这位孕妇的丈夫前不久在煤矿里被压死了,所以她脸上灰沉沉的,没有半点要做母亲的喜气。王瞎子坐下一边算,一边仰头看天,那样子像是在与上天对话。一会儿,他开始慢慢说道,你要生下来的可是个贵子啊!以后能做个部长级的大官,光宗耀祖。他尚未出世,就已经把命里的坎坷之数都经历了,所以今后他会一路发达,光耀门楣。听着听着,那孕妇脸上的愁云渐渐散去,露出了些光彩。这时,邻居端来一杯热茶,王瞎子又念了一首古诗,声音洪亮有力。他常常用一首古诗来作结。我不知道这首诗是他以前记得现在借来比喻此命理,还是他现场作的一首诗。这一次他想说的是这位妇女前半生命苦,但积德好,将得贵子,苦尽甘来。初冬寒冷的黄昏,因他这一席话顿时也生了不少暖意。

我大概十五六岁的时候,高中毕业了。当时正值"文革"后期,好像没有别的出路,只好准备下乡去了。那天傍晚在门口看书,我有点心不在焉。一个在城里长大的孩子,突然间要去乡下务农,与农民一起生活、干农活,不论是我自己还是家里人,心中都颇为忧虑。正好这天王瞎子来了,祖母就赶忙叫王瞎子过来给我算算命。这是我这辈子第一次算命,觉得挺好玩的。王瞎子坐下后,慢慢道来:"这孩子文曲星坐命,读书好,将来会从事学术工作。时下这阵子虽然坎坷,但终会见到光明,前途无量。"一席话说得祖母心花怒放,连声道谢。我则是半信半疑,说我读书好,我那时也没感到特别高兴。那时我很想参军支工,如果他说我什么时候能去参军支工,我可能会更高兴一点。但毕竟,他讲的话把我指向远处,让我想到未来,使我暂时感觉不错。

王瞎子说话一板一眼,不快不慢,声音庄严洪亮,像上

神算王先生

帝在宣读判词一样，不容置疑。同时，他的话又亲切和善，有时也不乏幽默，让听者忽而严肃紧张，忽而开怀大笑。总之，他的行为举止和谈吐极像一位来自天上的使者，严肃中有和善，庄重里带亲切。大家都很喜欢他，尤其是小孩们远远地听到他的声音，就欢乐地大嚷："王瞎子来了！王瞎子来了！"大人们连忙嗔怪说"要叫王先生，叫王先生"，但其实他们背后也都叫他"王瞎子"。

我下乡以后，很少回到城里，也就很少见到他。再后来听人说他被红卫兵抓起来了，又有人说他被搞死了。于是，邻居们都在议论，如果王瞎子算命真有那么神，那他自己的命怎么算不准？如果能算，他怎么不在红卫兵来抓他前就逃掉呢？看来还不是神算。那时我也这么想，这王瞎子算人家这么神，算自己怎么就算不准了呢？想来或许王瞎子以前都是骗我们的。

但话是这么说，大家还是记着王瞎子的好处，还是记着王瞎子给我们带来的欢乐，还是期待以后能再看到王瞎子。王瞎子讲过，人与人之间靠的是缘分，认识是因为缘来了，离开是因为缘尽了，我们还是希望与王瞎子的缘没有尽。

然而，这以后人们再也没有见到过王瞎子！

神算王先生

算命,这事挺好玩,好像自古以来就有。农村有,城市也有,中国有,外国也有。人们为什么喜欢算命呢?根源还是世界的不确定性。以前人们讲,因为科学不够发达,所以世界充满了不确定性。我看这几百年的科学发展,一点也没有增加这个世界的确定性。因为世界的不确定性,人们就想方设法,试图预测和估计未来,从而产生了概率论与统计学等一大堆科学,而这些方法大都只对非常大的群体做一些粗略的估计,而对某一个人而言,一生所发生的事基本上都是小概率事件。比如说,任何一个人的出生本身就是微乎其微的小概率事件。不确定的世界就像一团漆黑的夜,算命就像一根拐杖,或者是一盏微弱的灯,使你在黑暗里有所依靠。

我在美国读书时有一位朋友,他的亲戚是在西部炒股票的,那老兄每年过年的时候都要去纽约唐人街找一位算命先生,卜一下当年的运程。我们常常在纽约碰到他,他很热情,总是请我们吃饭。我们常常问他,那算命的准不准,他的回答很干脆:"不准。""他算不准,那你为什么还每年要过去算一次呢?"他总是笑而不答,有时含糊地解释一番,有时说那算命先生会提醒他注意什么、节制什么,看上去他还是蛮喜欢听这位算命先生讲的。

我想他虽然觉得那算命先生不准,但他还是想买个希望,买个忠告。算命,至少有两方面的正面效应:一方面,它使人们能敬天畏地。承认人的渺小,本身就是一种智慧,多一份对天地的敬畏,就会少一份凭自己的一己之见而孤注一掷的可能。另一方面,它使放纵的人们有所节制。科技愈发达,世界对人的自制力的要求就愈高,而科技的发展总是走在前面,人的自制力总是走在后面,总是跟不上,近年来的许多社会问题的根源就在这里。

人一生走来,有时高,有时低。人们喜欢算命的王先生,其实也并不全在于他有多神,而在于他在你走高时给你带来心安,在你走低时给你带来希望,在于他给你带来对天地的敬畏和对放纵的告诫。

其实,话说回来,人常说"三分天命,七分人为"。如果你能时时慎独,处处惜福,心存感恩,即使在不值得感恩的地方,也能发现感恩之处;乐于施舍,即使在自己无法施舍的地方,也能发现施舍之处,我想你的命大概也不会差到哪里去。

粥

那是一个寒冷的冬天,我下乡到村里已经几个月了。生产队有一批刚出生的小猪,需要人照料,因为找不到其他村民帮忙,队长就把这个任务分配给我了。我一到茅草和泥垒成的猪圈里,就看到十一只白白胖胖的小猪。它们只有手掌的一半那么大,像个肉球一样,拿在手里,既觉得十分可爱,又让人胆战心惊,因为我从来没有碰到过这样小的动物,也不知道该如何照料它们。

天实在太冷了,茅屋里几乎与外边一般冷,屋里的水都结了冰,地上还有从屋顶漏下来的积雪。看着挤在一起瑟瑟发抖的小猪,我也不知该如何是好,只好从宿舍里取来一条旧棉被,把它们裹在里面。

第二天一早,我去看小猪。掀开棉被,发现有五只小猪闭着眼睛，一动不动。"死了？"我不禁慌张起来，推推它们，还是不动，身上冷冰冰的，没有一点温度。另外六只也差不多，只是好像还能动弹一下。不过，情况是很清楚的，不赶紧救它们的话，估计剩下的几只也差不多要死了！

那天我必须去公社开会，走了一个多小时才到会场。到后时间尚早，主持会议的是一位老干部，腰上系着粗麻绳，把很大很厚的棉衣裹得紧紧的。我心里惦记着小猪，想着他年纪大、经验足，或许知道应该怎么救小猪，谁知道，我话还没说完，他就说："你赶紧回去，不要开会了，去煮一锅粥，稍稍凉一下，喂给小猪吃，吃了就会活过来的。"

我一听这个办法能救小猪，就立马赶回村里，找到L师母。L师母是村里一直照顾我的人，我经常到她家里去吃饭，虽然不住在他们家，但很像是我的寄宿家庭。L师母很瘦弱，个子较高，脸很黑，虽然年纪不大，但生活的风霜已使她的头发泛白了。有一次她到我城里的老家走动，我妹妹说，看到了她，就像看到了鲁迅《故乡》里的祥林嫂。

L师母立即帮我烧了一锅粥，我俩把粥一口一口喂给小猪吃，不到半小时，奇迹发生了！那几只昏睡得快要死去的小猪居然活了过来！我激动得几乎要流眼泪了。从那时开始，

粥

我对粥就有一种崇敬感。粥,不仅是食物,还能救命!

粥,有一股柔弱的力量!它的力量体现在柔弱里,因为柔弱,人们容易接受,能量容易传递,尤其对虚弱的病患更是如此,无论是人,还是动物。

又过了一阵,有一天我在田里锄地时,一不小心把锄头锄到了自己的左脚上,出了不少血。那时很爱面子,怕给农民看见了笑话,锄田锄不好,倒那么容易受伤。所以,我把脚埋在泥土里,企图用泥土把伤口的血止住。后来可能还真的止住了,不过脚还是痛。可能在土里也流了不少血吧!等天快黑了,队长一声口哨放农友们回村时,我整个人浑身上下一点力气也没有,情绪极其低落。当所有人都陆陆续续地往村里走去,我却还一个人坐在小土坡边上,不想动。

我感到精神极其苦痛,前方看不到一点希望。我一个人坐在那里,看着太阳一点点地从对面的山头落下,觉得人活在这个世界上真是一点意思都没有。那个时候如果前面有一条河,我都可能会跳下去。

坐了一会儿,L师母挑着一担东西过来了。打声招呼后,她一把把我带起来,"跟我回家去!"她像赶鸭子一样,把我赶着往前走。

L师母平时话不多,但那天在路上,她讲了很多话。我从来没有听到过她讲这么多话。她说她的儿子对她讲,我教他数学教得可好呐!老师都说他数学提高得很快。我知道她是想说我的好话,因为她儿子的数学糟糕透了。我用了一个晚上教他分式计算,到最后我问他 1/2 加 1/3 等于多少,他还说 2/5……她又说我帮某某家写的对联实在太好了,那家结婚时因为有我写的对子,排场上升了很多……她是为了逗我开心吧,一路上,她讲了很多很多。

快到村口了,她家的黑狗走在前面,我在中间,她在后面。她背上挑着一担东西,手上拿一支竹竿,嘴里不时地叫着"走""走",像是在赶狗,也像是在赶我。村口的一位大爷对我们笑着说:"你把两只狗赶回来了。"我却笑不出来。

到了她家,煤油灯下,桌上已围坐着不少人,包括她的两个儿子和其他邻居亲戚。我在角落里坐下,大伙都在讲些村里的事。一会儿,L师母从屋里端出一大碗粥。今天是菜粥,以往有时是萝卜粥,有时是红薯粥,很少有白粥,因为那样需要更多的大米,而在当时大米是很稀缺的。她把粥一碗碗地端给人,最后端给我一碗。

我在黑暗的角落里开始吃这碗粥。吃着吃着我发觉今天

粥

的粥有点异样，再用筷子从碗底一捞，不禁大吃一惊，我发觉有一大块肉在底下。"今天粥里有肉啊！"我大声叫起来，兴奋得不得了。所有人都吃了一惊："今天会有这么好的事？！"但是，紧跟着，所有人都失望了，他们的碗底并没有肉。所有人的眼光都盯着我，恶狠狠地，那意思很明白："凭什么你有肉，我们没有肉！"

我突然明白了，我闯了一场大祸！L师母是对我好，我不该把她给出卖了呀！我感到无地自容，真想钻到桌子底下去。

这是一碗我一辈子都忘不了的粥。我一生可能吃过很多好的、珍贵的东西，但都没有像吃那碗粥那样的味道。

有时候想来，粥，就像我们患难中的朋友。我们在风光的时候、庆贺的时候，哪会想到粥，只会想到山珍海味、想到花天酒地，只有当我们生病的时候，苦痛的时候，才会想到粥。所以，粥，是我们的患难之交。

同理，我们患难中的朋友就像我们生活中的粥。人生难免崎岖，患难中的友谊会使我们在崎岖中看到希望，在灰暗里见到光明。我们失落时、挫败时，之所以能挺过来，有时候靠的就是这股柔弱的力量。患难之交是我们生命的粥！

摆渡人

那晚吃完粥后，L师母从里屋出来，没说什么，静静地把所有人的碗收起来，放在竹篮里，拿到屋前的河边去洗。我曾经问过她，为什么她总是要去河边洗碗，有时候下雪天，她也总是坚持要把饭碗拿到河边去洗。她对我说："我们已经吃过饭了，可是河里的鱼虾还没有吃过，把饭碗洗了，也让它们吃一点……"

我跟着她走出了屋子，本想去帮她洗碗，但想来她也是不会让我帮她洗的。我站在河岸上看着她洗碗，那天的月亮很大，白色的月光照在河面的浮冰上，也照到她瘦弱的身子上。

燕子归来时

神仙岭的春天来得格外早,我窗外的山坡上已是漫山遍野的山花。"燕子归来寒食雨,春风开遍野棠花。"忽然想起,这是燕子归来的时节了。南下的燕子每年都会在这个时候返回我儿时老家台门的那片屋檐下。

小学快毕业时,我生了一场大病,从不旷课的我,因为那场病,两个多月没去学校上课。那段时间里,所有人都在忙着搞"文化大革命",家中只有我和祖母,祖母里里外外忙着家里的许多杂务,所以,常常整整一天就只有我一个人在家。

我常常斜躺在台门口堂前的一把藤椅上,两眼看着天花板发呆。久而久之,我发现了一件特别好玩的事,那就是有燕子在台门屋檐的梁上筑巢!先是来了一只燕子,开始一点一点地筑巢。说来也奇怪,我从来没看见它进来时带着什么东西，怎么会几天后就筑成了一个完整的鸟巢呢？那可要很多"建筑材料"的呀！再过一阵子，窝里就有蛋了，在下面可以隐约地看到它们被安放在温暖的窝中。那个时候，燕子看起来好像很疲劳的样子，飞得少了，叫得也少了，整天睡在那里。

不久，小燕子就一只一只地破壳出生了，总共也不过两三天，整个屋梁上就充满生机，热闹起来。四只小燕子就这么出生了。在那个时候，母燕就开始往外飞。每天上午，母燕出去之前，好像要开一个欢送会，叽叽喳喳叫个不停，估计是小燕舍不得它走，母燕则在叮嘱小燕在它不在时要照顾好自己，然后就飞到大概几米远的地方，停一停，回看一下小燕子，就这样，渐行渐远地飞走了。

最好玩的是下午四点的光景，母燕回来了，那几只小燕激动欢乐的样子，真的就如小孩见到母亲那般。最让人感动的是母燕把嘴里含着的食物一一分哺给小燕的情景，每只小燕都被母燕悉心哺育，没有偏爱，也不会错漏任何一只。我那时候常常为它们担心，如果母燕带回的食物给前两只小燕吃光了，后面两只没东西吃了可怎么办呢？所以我总是格外认真地关注着。一整个春天过去了，我所担心的事情从未发生，看来母爱天生就是公平的。

燕子归来时

我常常问祖母许多问题,例如,这燕子怎么知道方向,能够从十万八千里开外的远方飞回来呢?家里这么多地方,它为什么选这个地方来筑巢呢?母燕每天外出觅食,要是有一天找不到食物,那些小燕子该怎么办呢?祖母当然也答不出来,或是答非所问。但我还是问她,这燕子是不是去年从我们家飞走的那一只燕子呢?它在外面会不会死掉呢?祖母还是说不清楚,只是含糊地回答我说:"燕子是知道回来的,人也是知道回来的。"

有一天,邻居家的一个比较顽皮的小孩,架了梯子爬上去,把两只小燕子捧了下来。他拿来给我看,我叫他立刻放回去,但他只放回去了一只,将另一只留在了自己的小书桌上。傍晚,母燕回来了,当它发现少了一只小燕子时,急促地叫着,来来回回,转来转去寻找,那声音让人听了怪难受的。直到第二天,那个小孩才把另外一只小燕子放回去。下午,母燕回来了,失而复得的喜悦使燕子一家更加亲热。阳光洒在天井里的枇杷树上,树上不知何时来了好些只燕子,仿佛是来开派对庆贺,好生热闹。

那时母亲的工作很忙,全家人每天傍晚都等着她回家吃饭。她下班总比人家晚一点,我们几个兄妹常常在路口或在她回家的路上等她回来，即使是最寒冷的冬天，我们也要等她回家一起吃饭。把母亲接到家，一家人围坐在圆桌上，晚饭开始了，这是我们全家一天中最开心的时光。母亲常常会在下班的路上去附近一家餐馆，打包一盘菜，通常是糖醋排骨。这道糖醋排骨又甜又脆又香，再加上在那个特殊年代里来之不易，所以这是我们那时候最喜欢吃的菜了。在很长一段时间里，我总觉得这世界上再没有比糖醋排骨更好吃的东西。那家餐馆烧菜的师傅与母亲熟，给菜的分量特别大，母亲常常是用一只大的白色搪瓷杯子，盛满满一杯糖醋排骨回来。晚餐时，母亲就一块一块地把排骨夹到我们每一个人的碗里。

那时候，父母每天晚上都要去单位开会，直到十来点钟才能回家。父亲要开的会更多，回来得也就更晚，通常回来时，我们几个小孩都已在床上看书。父亲总是走到每一个人床前，笑眯眯地说几句话，然后递过来一颗糖。糖虽是一般的硬糖，但那个感觉很好。久而久之，我们兄妹几个似乎每天晚上都在等着父亲的那颗糖，好像没有那颗糖就不能睡觉似的，故母亲戏称之为"夜明糖"。有一次，父亲回家特别晚，我问他："今天怎么这么晚才回来？"他说他忘了买糖，

只好又回到桥头的小店里去买,然后才回家。我不知道为什么父亲每天都给我们一颗糖吃,虽然这颗糖在当时也非什么稀奇的东西,但给我童稚的心灵里留下了极为甜蜜的记忆。现在回想起来,母亲晚饭时盛给我们每个孩子的糖醋排骨和父亲晚上睡觉前给我们兄妹分糖的情景与屋梁上的母燕哺育一只只小燕的景象没有两样。怜子之情,人畜皆有。

"羊有跪乳之恩,鸦有反哺之义。"父母之爱,是天性,是自然属性。不忘父母之恩,也应该是自然属性。孝顺两字,说来轻松,其实十分沉重。人们常常言"孝",其实"孝"字不难,难的是"顺"。然而,对父母而言,"顺"却比"孝"重要得多。尤其在当今的时代,父母生日之时,买点礼物,表达一下心意，都是常事。然而父母实际上并不缺少什么东西，所以大多数的礼物都有浪费之嫌。一位朋友曾在他母亲八十大寿的时候给她买了一栋价值几千万的别墅，但我心想她母亲年事已高，可能早已经习惯了老房子，即使有栋别墅，她也不一定会去住。对父母的感恩，在我看来，最重要的是"顺"。

"顺"是一种态度。父母讲的话，未必一定要你去做，或者也未必要你马上去做。但如果你针锋相对，抱着我无论如何也不会去做的态度，这往往都会令父母感到极度悲哀。更何况中国的父母，从心理上与子女的关系更为亲密一些。

所以，顺是一种态度。无论你是否同意父母的观点，但你至少可以表达你对父母的关爱与感恩，至少可以表达你对他们的理解。有了这种"顺"，在父母面前，还有什么不能解决的问题呢？

我知道我们学校有几位同学与自己的父母不和，我也知道有一位同学已经有半年时间没有与父亲联系了。每当在校园里碰到他们时，我常常想驻足与他们聊聊，但又好像不知从何说起。看着他们离去的身影，我常常会想起幼时老家台门屋檐上燕子归来的情景，于是便有了写一篇文章的冲动。兴许那位同学就能看到这篇文章，兴许这篇文章能帮助他打开心灵之门。人生就是这样,有时候不到一定年龄体会不了父母之恩,而到了那个年龄的时候,却总是太晚了。

很多年以前,我认识一位独居的老妇,那时洗衣机没有像今天这样普及,大多数衣服都要靠人手洗烫。这位老妇就是以为周边的邻居们洗衣服为生的。她并不是孤老,她是有一个儿子的,但儿子与她不和,在二十多岁的时候就不知道跑到哪里去了,从来没有探望过她,更别提寄钱给她生活了。我记得有一天路过那里,大概是送一袋水果给她,我一进门,就看到她背对着我跪在地上,背深深地佝偻着,双手手掌向上,平放在地上,嘴里念念有词,听上去似乎是求菩萨保佑自己的儿子。过了很久,她才意识到有人进来,停了下来。我说:"您每天都求菩萨吗?"她说:"是的,每天两件事,起床求菩萨保佑儿子,然后出门洗衣服,回来再求菩萨保佑,然后睡觉。"

世界上有形形色色的人,就有形形色色的家庭、形形色色的父母、形形色色的子女。有的人有钱、有名、有权,有的人什么也没有,甚至连姓名也没有。但是他总有父母,总有父母的爱,只要有这一点,他就有在这个世界上生息成长的所有理由。

在一次科普讲座中,有位同学问我:"什么是最贵最强的光?"我是这样回答的:光,有三种,一种是现代高科技产生的光,很贵,因为一般有专利;第二种是电产生的光,没有专利,但也要付钱;第三种是自然光,没有专利,也不需付钱,但它却是最强的光。同理,世界上的关爱也分三种,第一种是可以用钱买到的,比如在飞机上坐头等舱就可以获得的服务与关怀;第二种关爱是不用付钱的,但还是需要回报,至少要不时地道谢致意,大多数同事、朋友之间的关爱都是如此;第三种关爱是不用回报的,也不用道谢,那就是父母的爱,那是天生的、永恒的,就像来自天上的光!

春天来了,过几天是寒食,再后面是清明。往年的清明,都是父母领着我们一大群亲戚朋友去扫墓祭祖,团聚的味道比祭祖更浓一点。大人小孩采着漫山遍野的映山红,挖掘山边茂密竹林里的春笋……今年的清明却不同,领我们去扫墓的人已成了墓中人,"托体同山阿",剩下我们在体味着不同的"团聚"的滋味……不由得记起了祖母的那句话,春天来了,燕子会回来了,人也是会回来的。

这世界,人,要是也能够像燕子那样,在每年的春天里回来一次,那该有多好!

逼上梁山

我在美国读博士时,有一年暑假,独自一人在欧洲旅行,因为其间正好要参加一个国际会议,所以旅行的时间安排得比较宽松。在一个炎热的午后,我抵达了旅行的第一站意大利的罗马——小时候常常在书籍中读到的历史名城。在旅馆中稍作休整后,我便背着相机出门了,为保险起见,我把所有重要的物件都带在身上。因为我听人家说,罗马的治安不是很好,失窃的事情时有发生。

到了向往已久的古罗马斗兽场,已临近黄昏时分。夕阳下的斗兽场遗迹,土褐色的巨石,仿佛能说出许多苍凉的历史故事。整座建筑非常宏伟,我边走边欣赏古人的智慧,每到一处都会拍几张照片,更何况这里还曾是我喜爱的电影巨星李小龙拍电影的地方,我还能认出哪些地方曾是李小龙在戏中与人比武的场地。

正当我边走边沉浸在这些怀想中的时候，我注意到总有几个人在我身边徘徊。他们为什么总跟着我呢？我想他们八成是把我当作日本人了，因为那时候日本人比较富裕，几乎人人胸前都挂着一台相机。我想，我得小心一点了，不由得用手摸了摸外套的口袋，大事不妙！我口袋里的东西全都不翼而飞了！我的钱包、护照、机票、证件全都装在口袋里，所有的东西都不见了！我大惊失色，想来一定是刚才那伙人干的，我急忙冲上前去找他们理论。

那四个人看上去大概有一二十岁的样子，瘦瘦黑黑的，眼窝深陷，动作麻利，不会讲一点英语，是很典型的吉普赛人。他们当然不会承认偷走了我的东西，就想要溜走。我只好冲上去抓住那个小个子，让他无论如何要把我的东西还给我。天色渐晚，游客大多已经离开，所以那三个人竟围上来。看样子来者不善，我情急之下把手里的小个子的手反背起来。他立刻嗷嗷大叫，眼看旁边那个大个子要冲上来，我不知道哪儿来的劲头，一个"扫堂腿"把那个大个子"扫"倒在地上，顺势押着小个子按在了他的背上，用右腿紧紧地压住这两人，想着还要对付另外那两个。不料，那两个人愣在那里，对视了一下,并没有谁想要上前。可能是有点害怕了。僵持了大概两分钟的光景,我看到不远处有个警察,就赶忙攥着小个子,把他押往警察的方向,我紧紧地抓着这个小个子向警察的方向走去,一边盯着尾随在身后的三个人,以防他们还动什么歪念头。这一会儿,已经有些游客在围观了,可能那三个人感到没什么胜算,又不想惊动警察,态度突然就转好了许多,要把偷我的东西还给我。我一只手接过东西,大致看来都在这里了,就想要不把小个子放了吧。但此时围观的游客都愤愤不平,声称绝不能放了他们,他们是小偷,一定要交给警察。想来也没错,我就把那四个人都交给了警察,并把他们如何偷我财物的事情由头到尾讲述了一遍。后来,警察那里来了一辆警车,打开后门,二话没说,就把那四个吉普赛人拳打脚踢了一番,丢进了车里,车门"砰"的一声关上,扬长而去,整个过程没和我说一句话。待我清醒过来,清点了我的东西,一样不少,赶忙装进口袋里,离开了那个鬼地方。

回到酒店,原本想畅游罗马的心情半点不剩,就想不如坐夜车离开这里,去当时的南斯拉夫开会。在火车上,一路无眠。到了南斯拉夫,遇到几位同来参加会议的学者朋友,诉说了这段罗马"历险"记后,这些朋友都很惊讶和兴奋。"啊!我们中间还有位英雄啊!"第二天会议主席在宴会上还专门送了我一份礼物,一条红色的领带,用来奖赏勇于搏斗的英雄。

晚上在酒店房间里回想了此事,也觉得很有意思,我居然成了"勇敢的斗士"!这个称号我可从来没有想过。但想来确实不简单,我孤身一人对付四个,居然还赢了。而我又从未习武,手无缚鸡之力,一生从来没打过架,哪儿来的这么大的劲,那么大的勇气,敢和他们四个人打架?想来想去只有一个原因,那就是"逼上梁山"!我是被逼出来的,逼急了!护照、钱包、机票还有信用卡都不见了,我可怎么办呢?所以只好拼了!

世上的事大多都是如此,"逼上梁山"之后才有成功可言。人不被逼一逼,成不了什么大事,创业是如此,读书也是如此。哪个成功者不曾碰到过"逼上梁山"的痛苦经历。那天在香港与两位朋友一起吃饭,一位是一家大公司负责营销的副总裁,另一位是很有名的体育教练。这位副总裁因其销售能力被公认为全港的大家,在他手上没有卖不出去的东西。我很好奇地问他原因,是哪个商学院教会他这番绝技。他说:"哪里啊,都是逼出来的,小时候家里穷,有五个

逼上梁山

小孩,我是老大,父母没有固定工作,常常要去邻居家里借钱。起先一两次人家看我是个小孩子,怪可怜的就借给了我,但后来我觉得不能老是这样去借,就在每次借钱的时候拿着小礼物,有时候是一包豆子,有时候是一朵花,对他们表示感恩,这样我每次借钱都有收获,母亲每次都含着泪夸奖我。我就这样学习了与人打交道,就这样学着脸皮厚,营销的事也就越做越顺了。"

饭桌上的另一位朋友也深有同感,他说他的体育技能也大多是被逼出来的。他学游泳根本没有教练,就跟父亲在河里胡乱游,好在不会沉下去。有一天他和父亲到了江里边,父亲说:"一起游过去吧,我这里拿着一个木桶,在你旁边,你不用害怕。"殊不知,没游多久,父亲的脚就抽筋了,停了下来,但他不知道,继续往前游,游到江中间时,回头望了望父亲,发现不见人影,他吓了一大跳,看着眼前江水茫茫,离岸尚远,但他别无选择,为了求生,只能拼命往前游。当时他心想自己一定死定了,因为从来没游过这么宽的江河,但到最后他还是游过来了。上岸后,他看到父亲在对岸向他挥手。他觉得自己真的很了不起,居然能游这么远的距离。

人在被"逼上梁山"的过程中,会超常发挥自己的潜能。我指导过许多学生的研究项目,也都说明了这个道理。我如果把一个一般的研究项目交给一位比较优秀的学生,我常会想:"这是不是太便宜他了?"因为好学生是需要挑战有难度的项目的,这样才能够把他的潜力真正发挥出来。我碰到的好学生总有一个特点,那就是喜欢挑难的项目做,而不是像一般的学生,总是挑容易完成的项目做。能挑战自己,"逼自

逼上梁山

己上梁山"是志气高远的人的特质。古人讲:"志不强者智不达"就是这个道理,因为你不逼自己、不挑战自己,就无法给自己一个自我提高的机会,你的"智"也就不会"达"。

曾在日本工作很长时间的朋友对我说,日本的孩子从来不闹,独立能力特别强,比中国的孩子强很多。这很有道理,因为中国内地大多是独生子女,父母给孩子独立锻炼的机会少,从来没有一个"逼上梁山"的机会。他很感慨,现在国内的孩子吃不起苦。吃不起苦就不知道该如何面对失败,但人的一生中,失败是不可避免的。父母总是希望孩子们都可以顺利成长,但实际上,"顺利"是"成长"不了的,不经过磨砺、寒霜,没有人能真正成为有用之才。

想象一下,你每天起床,必须跳一下,当手能碰到天花板时,你才能吃早餐。而每天的天花板总是比前一天稍稍高一点,你就这样每天跳呀跳,一直跳到能碰到为止。这个过程,严格来说就是所谓的"教育"。教育不是教你一大堆的东西,教育是在你离开学校之后,当那一大堆东西忘掉之后,你还能有独立思考的能力,还有不断探索的态度,还具备坚持不懈的精神,而这些能力与精神,常常是在年轻的时候被"逼"出来的。

读无用书,做有趣人

那是一个炎热的夏天,我参加村里的民工队到省城做建筑工程。我们住在老城区一栋房子的阁楼上,二十多个民工睡一条长长的通铺,通铺是竹制的,倒也很凉快,每个人有一个铺盖,一床自带的被褥和蚊帐。每天晚上睡觉前,大家都会在通铺上打牌、下棋,也有人唱歌,很是热闹。有天晚上,我睡得很熟,突然感到有人在大力地推我:"快起来,着火了!"等我睁眼瞧时,大家都已经奔向下楼的窄小的木梯,推搡着争相往下跑,还有的人甚至就大声叫着跳了下去。

等我们都跑到外面的空地上,抬头一看,好家伙!这着火的场面真是惊人!烈火熊熊,我第一次看见着火的场面竟是如此壮观!火光把天都映红了,巨大的火球在房顶上滚来滚去,看着房屋一排排地倒下去,可能是晚上天黑的缘故,大火看上去离我们的房子很近很近……在空地上的人,都穿着短裤汗衫,有的光着脊梁,虽然正值炎夏,但每个人站在那里都不由自主地牙齿打颤……

大概过了几个小时,火势才慢慢减弱,所幸我们住的那栋房子未在这场大火中受到损坏。直到这个时候,大家才开始放松下来,你看看我,我看看你,有的人手上拿着一个袋子,有的人手上拿着几件衣裳,有的人手上拿着手表等几件贵重的财物……只有我的手上拿着两本书。所有人都用好奇的眼光看着我,他们大概在想,这家伙逃命的时候还拿着书,这书该是很珍贵的吧!

第二天在工地上,所有人都在议论我,他们问我,究竟那是什么宝贝?我说一本是欧洲哲学史,一本是科幻童话小说。大家听了都笑起来:"真是书呆子,还以为什么贵重的东西,这些书有什么用啊!"

是的,这些书都是无用的书,是"闲书"。看闲书不仅是我在那个最苦痛的年代所能做的最快乐的事情,而且,书一直伴随着我,是我一生的最爱。

每个人都应该读"有用的书",做"正事",这没有错,但在你有空暇的时候,读点"闲书",其实完全应该。人为什么应该读点"闲书"呢?因为这些闲书往往反映了一个人的兴趣,是你在没有任何指令、没有任何压力、没有任何物质利益驱使下仍愿读的书,是你真正喜爱的书。只有在读这些书的时候,你才会真正思考,才会探索问题,才能放松自己的心情,才能触及灵魂。只有这样,人才能产生新的思想和独立的见解。我们都知道,人与动物的唯一差别,就是人有思想。读"闲书",对引导人的思想起了很大作用。

读"闲书",在我看来也是提高人的涵养品位和情商的一个很好的途径。有一位从北京著名大学毕业的学生,在我们系做博士生,他对我讲:"出了校门,我才发现我什么都不懂,人家在饭桌上讲话,我却插不上嘴。我是因为书读多了,还是因为书读少了?"我对他说:"你的正书读多了,闲书读少了。"一个人的成功与你在专业上的知识能力有关,但可能更重要的是你对人对事以及对世界的理解和相处方式,这与你的情商有关,与你平时读的"闲书"大有关系。

读"闲书"能使人更有想象力。在我看来,人的想象力可能是人类最重要的一个素质,大学者都有丰富的想象力,无论是学文的还是学理的。丰富的想象力从哪里来?你去读一篇优秀的论文,有时你会发现作者把其他领域的知识和方法巧妙地运用过来了，作者是怎么想到的呢？如果他没有了解其他领域的那些"闲心"，或许他就不可能把这个课题解决得这么完美。

或许有人会说："现代人的生活节奏如此之快，哪有闲心读书呢？"其实，这个"闲"字恰恰是现代人最应珍视的东西。有些人很忙，但不知怎的，总有几分闲心。我认识一些位高权重的朋友，可以说他们应该是世界上最忙的那群人，但我发现他们仍有闲心画画，有闲情赋曲；相反，有的朋友，其实也不是很忙，有的甚至已经退休了，但看上去仍很忙碌，心里一天到晚装着许多事，晚上还常常失眠。所以，我想，忙与闲可能并不在"事"上，而是在"心"上。怎么才能做到事烦心不烦呢？关键还是要留点时间看点闲书，这样才能事忙而心有余闲。看闲书能使我们安静下来，超脱起来。而当我们的心静下来时，往往容易想得更远，所做的事和所说的话也更趋于正确。

小时候，有时与小伙伴们一起去打球，家里人常会说："你花那么大劲去锻炼，还不如来帮家里打扫卫生。"劳动虽然也能强健身体，但与锻炼是不一样的，效果不一样，心情也不一样。虽然，劳动的"实用性"很强，但人们不能因为

劳动而忽略锻炼。"正书"与"闲书"的关系很像劳动与锻炼的关系。随着人类文明的发展,劳动愈来愈少,锻炼变得愈来愈重要。"正书"与"闲书"的重要性可能也会按同样的原理发展。

从另一个角度看,忙闲是第二层次的,第一层次是心情。我有几位年长的院士朋友,平时身体不是很好,但当有重大项目,组织上安排他们领军攻关时,他们会立即跑出医院,去第一线工作。看到他们在工作时的状态，完全不像一个病人，他们精力充沛，与前几个月在医院里相比，判若两人。这种事我碰到过几次，一开始不知道怎么解释，后来开始悟出来，快乐的忙，是最好的营养。对任何人来说，忙不忙不重要，快乐不快乐更重要，而人的快乐很大程度上取决于人本身的涵养和度量，这与读闲书大有关系。

看闲书，有时很像交闲朋友。闲朋友，指的是"无用"的朋友，不是那些在生意上、仕途上、家庭上有用的朋友。你会发现交这些闲朋友，心里没有压力，就像读闲书一样。所以我常说，闲书是你一生中的好友，他们可靠、忠诚，随叫随到。读未读过的书，就像交新友，读已读过的书，就像对故友。而同时，闲朋友又像是你的一本好的闲书，他们会忠实地告诉你何谓正确、何谓谬误，悲伤时给你慰藉，困境处给你力量。我们说，读书要有一点闲心，交友需持几分侠气，意思就是读书与交友都不能太过功利。

做事也是如此，有闲心的人才会有趣。小时候，我有一阵子很喜欢养蚕，每天都到山上去找桑叶，当桑叶找不到的时候，就漫山遍野地去找可代替的树叶。后来老师知道了，让我写一篇作文"养蚕的意义"，我左思右想，想不出什么意义来，最后只好胡编了一个意义——养蚕让我了解到工人和农民生活的艰辛。

又比如我小时候喜欢写毛笔字，老家有一位邻居，看到我在练字，就常常跑过来对我说："写字能派什么用场？以后最多去桥头摆个'代写书信'的摊子，每封信可赚八分钱，字写得好，可能来的人会多一点。"我当时听了虽有些不悦，但也不知道怎么反驳她。

万物其实大多是没有意义的，你说春天到了大地上每一棵小草都发青了，这有什么意义？湖里的小鱼每天不停地游泳，这有什么意义？有没有意义，有什么意义，是人们主观地加上去的。世间许多事情也是这样，本来就不存在所谓"意义"，但人们总喜欢把事情冠以"意义"二字，这样做的结果是，把本来有趣的事情变得不再有趣了，本来很有意义的事情骤然变得没有意义了！我有时候常常问自己，我们为什么一定要做一些有意义的事情呢？为什么就不能做些无意义的事情呢？

搞科学不也是如此吗？当我们在实验室里发明了"爬树机器人"的时候，大家好奇地关注着这个以昆虫原理制作的十分厉害的爬树能手，接着就开始发问："这个爬树机器人有什么用？"我回答不出，因为我们在思考这个机器人的原理时纯粹是出于好玩，并没有想过有什么用。等做成之后，有公司来找我们合作，才思考这个机器人可能会有些什么用途，那都是后来的事了。这说明了一个道理，当你在做一件有趣的事时，其实不一定要知道它会有什么用。但时间在变化，事情的性质也会变化。你今天读的"无用"的书，也许明天就变成了"有用"的书；你今天干的"无用"的事，也许明天就成了你"有用"的财富；而你今天交的"无用"的朋友，也许明天个个都成了对你"有用"的大贵人！无用而至大用！

人生就像一条弯弯曲曲的山路，没有人知道自己的这条山路通往何方，我们所能看到的不过是山路上抬头望见的那座凉亭，如果我们急匆匆地奔向这个凉亭，又急匆匆地奔向那个凉亭，再急匆匆地赶到最后的目的地去报到，一定会错过路上的许多快乐和美景。我们不妨停一停脚步，看一看夕阳余晖下的山峦起伏，听一听山涧小溪与蝉鸣鸟语的交响重奏。读无用书，做有趣人，无非是想告诉我们，当我们无法控制人生这条山路的长度时，至少我们可以选择这条路的宽度。在我们忙碌的生活中，于我们的心里留一点小小的空间，装一点点闲书，有一点点闲心，使我们的奋斗更加快乐而有趣。

共享

前几个月，我去上海出差，朋友来酒店邀我一起吃饭，饭馆离得不远，朋友说不如大家都不开车，骑单车去吃饭吧。我说："好啊！哪里能租到几辆车呢？"他说："那还不容易，就用共享单车吧。"说着，我们已走到马路旁，那儿停着许多橘黄色的自行车，用手机一扫二维码，立即就可以骑了。我们骑着自行车，穿过大街小巷，快活得不得了，就像是回到了童年时光。

那次之后，我才发现原来共享单车已经风靡全国，所到之处都能看到各色鲜艳的自行车，着实很风光。"共享单车"是一种很好的方式，一来是资源共享，方便使用；二来是节能环保，保护地球；三来是锻炼身体，有益健康。共享这个概念，真是美妙。既然单车可以共享，为什么我们不能共享

共享

其他东西呢？图书、衣服、鞋帽、雨伞和扇子、食物，我们生活和工作上的许多东西都可以共享。所以，我们又可以想象，如果有一天我们去另一个城市旅行，不用带重重的行李，不用接受机场的反复检查，可以只身一人到酒店，共享那里的资源，那该多好！

回想起我们读书的那个年代，如果有共享那该有多好！我去美国读书的时候，市场上刚有带轮子的箱子，我在上海买了一只大箱子，因为要带的行李太多，箱子装得又满又重，还没有到机场，四只轮子就变作三只了，而三只轮子的箱子只能用手提了……真是很重！终于上了飞机，到了美国，过境时，海关关员看着我的三只轮子的大箱子感到有点奇怪，就大声叫我过来要开箱检查。箱子一打开，中间赫然躺着一把菜刀！那位关员大吃一惊，旁边也很快走过来其他几位关员，他们问我："你来美国是干什么的？！""来读书的。""带刀来读书吗？"我回答道："那刀是菜刀，是用来做饭的。"关员似乎并不相信，说："刀，可以切菜，也可以杀人，对不对？"我只好沉默了。他们就继续翻我的大箱子，把所有东西都翻了个遍，最后在箱底发现了一只锅，还是那种样式古老的圆底锅。这时，那位关员开始意识到我说的大概是真的了，他盯着我看了一阵子，最后笑笑说道："你去吧，祝你读书做饭顺利！"

我一到住处，就赶忙要去买一个锅盖，因为锅没有盖子就烧不了菜。别人告诉我一家比较便宜的杂货店，在黑人区。当我找到锅盖，从店里出来时，天已经完全黑了，一群黑人围住了我。在黑漆漆的街道里被一群黑漆漆的人包围，我就像动物园里的动物一样被他们四下打量。也不知道他们想要干什么，但心里很不是滋味。大概过了五分钟，他们才放我离开，我立刻拔腿就走，匆匆赶回住处，一路上心里都在嘟囔："这个该死的锅盖！"

现在回想起来，如果当时有共享的话，我就不必那么麻烦，不用带菜刀和锅子，也不用去买这个该死的锅盖。人生就是这样，只有当我们经过那么多麻烦和苦痛之后，才会感恩今天这个时代所提供的便利与丰足。

共享时代的本质是把原本属于个人的资源集中起来按一定的规则交给社会，由社会来管理共享。人类社会的发展就是这么一步一步走过来的。在远古时期，万物都是共享的，后来，物质多起来了，私人拥有的欲望随之增加，土地、牛羊和奴隶都属于个人，私人空间随之增大。然而，随着人类

共享

文明的发展，资源交换的加快，吃米饭的不用去耕田，穿皮鞋的无需去养牛，私人空间的资源又逐渐转移到社会共享空间中，社会共享空间增大。我们可以想象，当物质相当丰富之后，人类社会将再度走向万物共享的时代。

共享空间中的资源越来越多，这本来是件好事。但如果人类还没有学会如何共享，完全有可能把这些资源给糟蹋了。所以，共享时代对人类是一种新的挑战。这很像以前每个人只要管好一桶水，你带回家，保护好，与家人分享就行了，但现在不是这样，现在是大家共享一条河的水！你如果还是以一桶水的概念来保护好自己的水，那是不够的。现在需要学会如何保护这条河。这就需要有公德心，不能随意弄脏河水。不仅自己不行，而且别人也不能这么做。如果人家不听你的怎么办呢？那我们就要有本领来制定规矩，互相约束。共享社会需要规矩，也需要爱。

总之，共享时代需要人有三种意识：第一是"共享意识"，你的是我的，我的也是你的，互相共享，而不能说，你的是我的，我的不是你的。第二是"服务意识"，所有东西都是共享的，所以"你"也是共享的，你被人共享，你也可以共享别人，这样就需要很强的服务意识。我们每个人活在世上,都在为别人服务,只有这样才能心安理得地享用别人的服务。第三是"学习意识",因为要与不同的人共享与服务,这使得我们每个人需要不停地学习,同时,因为共享对象的不断变化,我们学习的内容和范畴也随之不同。

既然物质世界可以共享,那精神世界能不能共享呢?我们的时代,物质极大丰富,但人与人之间的感情却日益淡薄。在今天的世界里,"温暖"是最稀缺的,"温暖"的共享显得越来越珍贵。我希望有一天,如下温暖共享的场景能够成为现实:如果你是一个孩子,无论你走到哪个城市都能找到"共享父母";如果你是一个老人,无论你走到哪个城市都能有一双"共享儿女";如果你是一个学生,无论走到哪个城市都能有当地的"共享老师"……

我在美国读书的时候确实有过类似的经历。到学校报到的当天,我听说有一对美国老夫妇正在寻找一位外国学生,提供"Host Family",我打电话过去,他们马上就来了,是一对中学教师,既是我们这个学校的毕业生,又是当地居民。在接下来的几年中,他们待我就像父母一般无微不至,我有什么困难,他们都会过来帮我解决,我对美国文化的了解就是从他们那里开始的。在异国他乡能够得到这种温暖,真是

共享

太珍贵了。有一个雨夜,我的车坏了,周围找不到修车的地方,我只好打电话给他们,他们就立即带着修车工具过来帮忙,那时已经接近午夜,大雨滂沱,两位老人帮我修好了车,还得开一个小时的车回家。又有一次,我生病了,他们得知后特地缩短了在法国的假期,从机场直奔过来看我,女主人还带给我一支长柄的棒棒糖,完全是把我当孩子一般看待了,糖还未吃,心里已经甜了!

今年五月,我又重回费城。故地重游,一幢幢楼房仍在,一条条街道依旧,一路上就像看了场老电影,只是电影里的人物不见了,昔日的"共享父母"是再也见不到了。不过,他们曾经给我的温暖已留在这座城市的角角落落,至今仍带给我深深的感动。

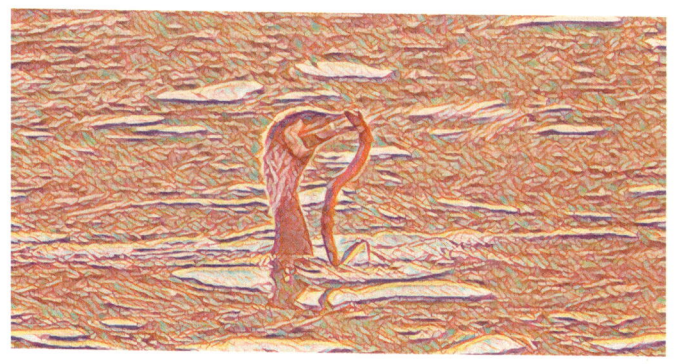

夏夜

江南的夏夜，十分闷热，有时连一丝风都没有。从前没有风扇，更不要说空调，所以，夏夜漫长，常常无法入睡。童年时，消磨夏夜，最好的方法是乘凉。晚饭过后，人们搬着凳子或桌子来到室外，在老家台门后面的园子里，祖母摇着大芭蕉扇，后院池里的蛙声与树上的蝉声连成一片。我们要么围着老人听他们讲故事，要么在一起下象棋。

父亲是象棋高手，据说在当地比赛中得过亚军。我与他下棋都是要他让棋的，也就是每盘棋开始的时候，他先把他的"车、马、炮"拿掉再开始下，一般是让我两子，以"车、马"为多。即便如此，我也几乎没有赢过他。这里"几乎"的意思是，在我与父亲的无数次交手中，我只赢过一次。是的，这是我一生中唯一的一次，所以我记得特别清楚。

夏夜

那天晚上,他从单位开会回来,我说想跟他下棋,他便应允了。像往常一样,他摆好一盘在井水里浸过很长时间的"冰镇西瓜",一般他不会去吃,因为他知道那是小孩比较喜欢吃的。铺开棋盘,我说:"让车、马吧!"他便拿掉那两颗棋,就这样开始厮杀了。父亲下棋的习惯是慢慢地下,静静地对阵,有礼数,很优雅,让对方"缓缓地死去",输得心服口服。他"守"得很好,每颗棋子似乎都在说:"你来吧,尽管来吧!"而我那时下棋比较急,是进攻型的。估计那天我走了一步出其不意的棋,一般人是不会这么走的,但我这样走了。父亲先是吃了一惊,接下来不过四至五步的光景,我竟意想不到地赢了。我赢了之后,简直不敢相信这是真的。我可从来没有赢过!我眼睛盯着父亲,他微微笑了一笑,说了一句:"真勇敢!"

那天晚上我很激动,终于赢了父亲一回。当然,即使到今天,我还是不清楚,是因为他那天疏忽了、大意了,所以我才能赢,还是因为他有意让我赢的,这两种可能都不像是父亲的性格所为,我也不敢直接问他。晚上与他睡在一个大床上,我说我这盘棋下得怎么样?他慢腾腾地说:"下棋,不能一上来就眼睛看着对方的将帅,不能急于求胜。有时候下

夏夜

棋不是因为这步棋容易下,而是因为这步棋不容易下……"

我那时似懂非懂,离开家乡以后,再也没有机会与父亲下棋了,但仍会时不时地记起他的那些话。下棋如此,人生何尝不是如此。做任何事都不能急于求成,不能过于功利。只有抱着"只事耕耘,不问收获"的心境去做事,才能有所坚守、有所收获。而对人生的许多选择,有时候并不是因为它容易而选择去做,而是因为它难。

中学毕业后我去下乡,下乡前有一段去杭州做民工的经历。那时,我与当地农民组织的建筑队在杭州的几个单位建宿舍,修围墙。那是个十分炎热的夏天,我们正在杭州电子学校修围墙,父亲来杭州看我,给我捎来一些衣服和吃的东西。我正好在搬大石块,那种切得方方正正的大石块,每块大约有一百公斤重,父亲问我每天要搬多少块,我说大概一百多块,多的时候要搬三百多块。父亲让我稍稍休息一下,我俩就坐在人行道的边上。正值下课时间,看着从学校门口进进出出、手上拿着书本和讲义的学生们,我好生羡慕。父亲看看我,又看看他们,说:"你是没有机会上学,如果有一天你有机会上学,你肯定会比他们学得好。"他这句话说得很轻,但我却一直记得。

那天晚上,杭州的夏夜格外闷热,我不知道什么原因,父亲决定晚上与我一起在我的宿舍里睡。我住在学生宿舍的双层木板床的下铺,很窄,两人睡在一起,真是很热。回想起来这可能是我一辈子中最闷热的一个晚上。两人都不躺下,黑暗中面对面地坐着。父亲用他那把黑色油纸扇给我扇着,扇了整整一个晚上。

父亲问我:"枕头旁边那本书是什么书?"我说:"是地上捡的,大概是学生从窗口扔下来的,英文的,估计是一种仪器的说明书,我是把它当作英文课本在看,硬是把它翻译出来了。"过了一阵子,父亲说:"你是不是很想读书?"我说,"是的。"他沉默了一阵,然后说:"我们的家庭你也不是不知道。"我当然知道这在当时几乎是不可能的,没有家庭背景和社会关系,上学哪有那么容易。又过了很长一阵子,他说:"不过你要有耐心,要耐心等待,天总会有亮的时候……"

在黑暗中,我们就这样有一搭没一搭地说着话。父亲问:"他们有没有欺负你?"他是指那些农民工头,我说:"也没有什么,只不过可能会把重活和脏活让我多做一些。"他也不说什么,后来给我讲了汉朝韩信受胯下之辱的故事,其实之

夏夜

前我也知道这个故事。

天慢慢地亮起来了！父亲说去买些早点。他买来油条、烧饼和豆浆，都是我爱吃的。然后他从包里拿出一条香烟，走到那些包工头身边，笑着把那条烟递给了他们。

父亲是一个从不会送礼的人，他无论对人对己都很清白，这是我所知道的父亲第一次，也是唯一一次给人家送礼。当他把烟递过去的时候，我远远地看着，心里极难受，几乎要流泪了，"你其实用不着做违心的事，我自己可以照顾好自己，他们不会欺负我，你用不着给他们买烟……"

父亲，是我童年的一棵大树，有了他，才有阴凉，才有轻风，才有许许多多发生在树下的故事，而这些记忆中的故事，有时仿佛与大树无关。然而，当有一天，大树倒下的时候，你会骤然发现，没有了这棵大树，记忆中的故事会变得如此苍白。

去年，也是这样一个闷热的夏夜，父亲像夏夜里的一阵轻风，吹走了！轻轻地、缓缓地、暖暖地走了，一如他一生的为人。

一年十一天

我住在匹兹堡的时候,经常去一家中餐馆吃饭,这家餐馆离学校不远,交通方便,还有停车场,所以慢慢地我就成了那家店的常客。餐馆店面不大,有两张大桌,十来张小桌。餐馆的菜是典型的美国中餐馆会做的菜色,什么菜都有,但所有的菜味道都差不多,因为他们炒菜都是过一道油后,便用事先做好的酱料去炒。因为用同一种酱,所以菜的味道都很像,无论是牛肉、鸡肉和海鲜,都差不多。

因为去得多了,逐渐熟悉了店里的人,主厨是浙江鄞州区人,名叫小 W。小 W 其实比我年龄大,但长得显小,个子也不大,大家都叫他小 W,我也就叫他小 W 了。因为是浙江同乡,所以我和他的话就多一点。小 W 知道我比较喜欢吃,于是就告诉我说他们厨房师傅们经常自己做"扒鸭",问我要不要尝一下,那我当然想要试一试。没想到,这个扒鸭还真是好吃,筷子一拨,鸭子都酥烂了,很入味,浓浓的汤汁,配上新鲜的蔬菜作底,快好的时候淋上香油,很是鲜美。后来,我每次过去,小 W 总会做一道扒鸭给我吃。这道菜不在他们的菜单上,所以必须先打电话预订,久而久之,我成了这家餐馆的常客。每当我在用餐的时候,店里就会放起邓丽君的歌曲,他们会帮我拿来当地的中文报纸,再沏上一壶西湖龙井,没过一会儿,香喷喷的扒鸭就端上来了。那个时候,到这家餐馆去吃饭是我最开心的事情。

熟了之后,我才知道小 W 虽然是农村出生,但来美之前是当地基层的一个小干部。那时候,他有一位亲戚在美国,可以帮他办理来美,因为当时美国的收入要比国内收入高出一百倍的样子,所以每个人都想抓住机会到美国来。他刚来美国时先在餐馆打工,后来做了厨师。他在家乡已经结婚,有一个女儿。因为小 W 是主厨,所以他每年只有两周的假期可以回家,那时往返的飞机要经过许多中转站,因而除去头尾在机上的时间,他能够与家人团聚的时间是每年十一天。

我刚知道此事时,心里很为他感到无奈,这是不是有点太残忍了!但后来发现他其实对此是很乐观的。他在外面毕竟能赚比较多的钱，对家里一堆亲戚朋友都是极大的支持。他每次要回家的时候，大概从几个月前就已经在唠唠叨叨地讲起这次回家他要见谁，要做什么了，看来他很早就开始准备了。我问过他，"回一次家要花多少钱？"他说："不包括机票，也得一万多美金。"在那时，一万多美金是一个很大的数字，国内人均工资也不过是几十美金。我说："你怎么会要花这么多钱呢？"他说因为他有很多亲戚朋友要见，每个人都要带点礼物过去，这样的话，加起来就不少了。所以，他必须拼命赚钱。

小W的生活过得非常充实，他通常是在农历过年时回家，机票一早就订好了，而且要用足整整两周的假期，返程回到匹兹堡已是要上班那天的早晨五点左右，这样才不至于浪费假期。假期回来后，他总有很多开心的见闻要与我们分享，有国家的，有村里的，有女儿的，谈吐之间能感到他衣锦还乡、备受众人爱戴的情景。不久之后，你又会听到他开始计划今年要准备点什么，要给哪个亲戚带什么回去……那时国内的物质匮乏，带点美国的东西回去，不论是家人还是乡亲都很欢喜，可以想象他回家时的那种热闹景象。

这样的日子过了一阵子，当后来移民政策逐渐放宽的时候，小 W 就开始动脑筋要把家里人弄出来。终于有一天，他说他的夫人和女儿都已经办好了手续，可以移民来美国了。我那天吃饭时得知了这个消息，心里着实为他高兴，哎呀，小 W 终于熬到头了，这一年十一天的日子总算可以结束了！

后来，我搬了家，去他餐馆吃饭的次数就少了，见面的机会也不多，但还是听说他夫人和女儿已经来美国了。虽然我没有见到她们，但我听说小 W 为此花尽了所有的积蓄，正忙着张罗一家人的生活。那段时间，我们见面的机会很少，人都是这样，忙家事的时候，难免对朋友有些疏远，这也是正常的。

又过了一阵子，我去餐馆时发觉小 W 脸上的喜色不见了，面色灰得难看，我感觉似乎发生了什么事，一问才知道，他与家人生活合不来。夫人在家没事做，整天唠叨着他的不是，女儿正是青春期，晚上夜不归宿，夫人总是让他开车去跟踪她，这样的事情发生多次之后，他很不高兴，一家人每天争吵不停……在我离开匹兹堡之前，又去了一次餐馆，但这次没有见到小 W，店里人同我讲，他和他夫人离婚了……

我为小 W 感到深深的悲哀，那个永远笑眯眯的、精力充沛的、活泼机灵的小 W，现在怎么了？他熬过了一年十一天的生活，却熬不过一年三百六十五天的生活。当然，有时候

"相濡以沫,不如相忘于江湖",我只是感到很遗憾,遗憾之余,感慨不已,这是不是说明,我们追求的东西并非越多越好?

现在想来,世间的幸福,其实并不在于你拥有多少,而在于你能珍惜多少。假使你拥有三百六十五天,如果不珍惜,还不如十一天。一切皆如此,时间是这样,钱财是这样,名誉是这样,连健康也是这样。

人在什么时候才会珍惜呢?当大地干旱得出现一条条裂缝,必须到几十里外去打水时,人们才会珍惜水;当必须用野菜充饥,饿得连年轻人也要撑着拐杖走路的时候,人们才会珍惜粮食;当我们孤立无援,所有盟友都背离而投奔他人时，我们才会珍惜朋友……珍惜是在我们"少"的时候才会做到的，而当我们富足的时候、充裕的时候，我们就会遗忘那些"少"的日子，就会挥霍浪费，就会不珍惜，而一不珍惜，这些原本富足的东西也就悄悄地溜走了!

多少人都在埋怨，总说我没有什么，我缺少什么，我没有谁那样有背景，没有条件，没有好的爹妈，总而言之，就是一个字——"缺"。其实，你什么都不缺，你缺的是"珍惜"这两个字。

为什么珍惜那么重要呢?因为只有珍惜，你才会感恩。万物来之不易，你就会珍惜已经有的东西。因为只有珍惜，你才会包容，才会体谅别人没有这些东西的苦处，才会包容与你不一样的朋友。也因为珍惜，你才会有清醒的头脑，不至于浪费与浮夸，忘记自己的本分与责任。所以，珍惜的东西，才是你能留得下来的、属于你自己的。

每个人的福，每个人的资源，都是有限的。就像天上的雨水，看上去无穷无尽，但你喝到的水，只有你手上的这只碗能盛的那么多。碗大碗小就是你惜福的造化了。

朋友们，不要再过多地埋怨。我们并不缺什么，我们缺的是惜时、惜缘、惜福的精神!

无中生有

每年夏天的高考像是打仗一样,几天之间就决定了一个人的命运,几家欢喜几家愁,虽然事实上并非那么严重,但社会意识就是如此,高考录取之后,有两件事情常让我感触颇深。

一种情况是有考生考得不理想,有的尽管分数不错,但没有被心仪的大学录取,也感到是失败了。但考试与录取都是有概率的,从理性上讲,大家都明白,但落到个人头上,心里总不好受,觉得人生的道路渺然无望,对自己失却信心,有的甚至自暴自弃,严重到跳楼卧轨的都有。

另一种情况是考生考得很理想,取得了高分,学校、家长、社会纷纷表彰赞扬。这本来是件好事,但因为考得好,分数高,无论录取到哪个学校、哪个专业,都会和比自己分

无中生有

数低的同学一起上学,这下可不得了,心里感到很不平:"我怎么可以同这么差的同学一起上课呢?"有的同学就这么跟我说,甚至由此而提出退学,不愿与低分同学为伍。

以上两类同学表面上似乎不同,其实质是一样的,就是放不下。自己这颗心还停留在昨天的日子里,放不下自己的得失。就像一只木桶,里面装满了水,已无法装新的水。

有智慧的人,一般每逢一事都会集中精力,全力以赴,但完成之后,则会赶紧把它"忘掉"。如果取得好成绩,稍微高兴一下,就应立即放下,过度欣喜或长时间的自我陶醉都不健康。如果做得不理想,甚至犯了一些错误,也要立即放下,不必再去千思万想,也不要去后悔,不要去内疚,过去的就让它过去吧!过去的事,无论好坏都不用多想,因为想了也没用。

这样做的好处在哪里呢?人,为什么要学会"放下"?因为只有放下,才能清空自己,把自己置于"无"的位置,只有在"无"的状态下,我们才能重新出发。是的,放下很难,但是,如果我们不放下,之后的路可能更难走。蚕,只有破茧才得以重生;人,只有脱胎才能够换骨。如果我们要往前走,就必须放下过去的一切。

这让我记起二十世纪八十年代中国女排四连冠的故事。那是一个每个中国人都充满理想、充满奋斗精神的年代,女排就是那个年代的代表。我记得,得了三连冠之后,面临第四次夺冠的考验时,教练袁伟民对女排队员们这样说:"我们不是去守着这个冠军,我们要忘掉我们曾经拿过的三次世界冠军,清空自己,我们是来夺这个冠军的,就像所有其他国家的代表队一样。"我听了很受启发。真的,任何东西,"守"是守不住的,但如果你能清空自己,把自己置于"无"的状态,你就有动力去争夺、去拼搏、去厮杀,你才有可能赢。也就是说,"有"的状态,只能通过"无"的境界来达到,所以我在这里称之为"无中生有"。

前几年,有一位做产业的香港朋友来找我聊天,带来两个儿子,都是刚从美国的大学毕业。我的这位朋友从事制造业已经几十年了,同我讲起他与他兄弟创业时的艰难,泪眼婆娑,说:"现在我们要守业,这其实更难。成本越来越高,人工越来越高,利润越来越少。"他的意思是想让这两个儿子来接他的班,守住这份家业,让我帮助他们。我也不知道该说什么,因为我不是家庭产业继承方面的专家,但是想了一想之后,我还是同他说,创业难,守业更难,所有企业都是如此。然而，如果我们能换个思维，你的这两位年轻人不是来帮父亲守住产业，而是来创业的，情况可能就不一样，就会有更多的激情和动力，就会从现在这个时代出发来规划，不仅能守住家业，或许还能有更大的发展。你看，亚马逊的老板贝索斯有个习惯，他有几十幢楼分布在西雅图市中心，只要他在哪幢楼办公，那幢楼就被命名为"Day 1"，这是一种清空自己、使自己保持创业第一天的心态，只有这样，亚马逊才能持续保持创新的精神。

人生的"有"与"无"，就像远处的山峦，有时高，有时低，起伏不定；也像手中的橡皮筋，有时紧，有时松，一张一弛。人不可能永远"有"，也不可能永远"无"，任何东西不会永远"有"，也不会永远"无"。人的一生就是从无到有又从有到无的过程。

中国传统文化中的禅宗与道家是非常讲究"无"的，许多出家人都很懂。有一次，我与一位朋友去杭州的一家寺院，那个寺院的方丈认识我们，看到我们来了，就立即去卧室取来一块珍藏了几十年的普洱茶饼，要给我们沏茶。我连忙说："我俩都不喝茶，也不懂茶道，不要浪费这种珍贵的茶叶。"方丈说："我心里已经'有'了这个茶饼，所以我一定要把它喝了,才能到'无'的状态,从'无'的状态,才能再达到'有'。"那天,我们聊了很多有关"有无"的感悟。我同去的那位朋友是个炒股票的高手,他说:"我炒股票几十年最重要的经验就是要做到'手中有股,心中无股',因为如果像大多数人那样,一买股票,心中就有股,一心想着它往上涨,你的判断就可能不正确了。只有心中无股,你的思想才是清楚的,判断才是正确的。"他的话有道理,不仅买股票,好像买房子也是这样,你买了房子之后的判断有时会与没有买房子时不一样。所以,放空自己是何等重要。"无"是一种境界,"心中无股"这与手中有没有股票没有关系,人要有这样的思想境界,处事就不会乱,决策就不会错。

《庄子》讲述了许多有关"有"与"无"的概念。比如说,《庚桑楚》一节中讲到"正则静,静则明,明则虚,虚则无为而无不为也"。人的心正了,才会安静下来,静下来之后才有可能产生"明"。这里的"明"是指智慧,而智慧的表象是"虚",越是光明,心中越是空空如也。"虚"就是放空自己,把自己置于"无"的状态,就是"置零"。只有到了这个状态,人才能"无为而无不为",此时的精神状态是明察秋毫,判断决策都处于最佳状态。就像你把胃清空了,什么东

无中生有

西都可以吃，吃什么东西都很香。反之，如果你的舌头先吃了很多麻辣味重的东西，就会处于"无味"的状态，吃什么都不香，无法有一个正确的判断。

为什么一定要清空自己呢？因为不清空自己就会有所执念，犹如生根不动，无法随时随地往返自在，无法领悟此时此地的真正要义，做出自己正确的判断。《金刚经》有一句名言："应无所住而生其心"，我的粗浅理解是，只有当你有"无住心"，或者说当你处在心清空了，不执着，不纠缠，不贪恋，你的悟心才开始"生"。

"无"的力量不在于征服别人，而在于克制自己。只有当你有了"无"的境界，你才会谦卑，才会敬畏，才会虚怀，才会有前进的动力；也只有在"无"的境界下，你才不怕失去，不会贪恋，才会有进击的勇气。所以"无"的心境，是成事的第一步。

小时候，听祖母讲过一个故事：从前有个老和尚总是在桥上找人聊天，当别人有怨气、有委屈时，他就把背上的布袋拿下来，打开口，对人讲："你说吧，我把你的气、你的委屈都装在布袋里，说完你就好了，气就消了。"等人说完以后，他就把布袋背上走了。我半知不解地问祖母："那袋里都是空气吧？"祖母说："不是的，袋里很沉，对他说的人愈多，袋里愈沉。"我又问："那太重了，他背不动，怎么办？"祖母说："老和尚有办法，他每次过桥，就把口袋打开，把过去的怨气全都清空以后，再去另一座桥找人聊天。"

人生的"有无"也是这样。当我们结束一段工作、完成一项研究、画完一幅画，就应该像老和尚那样，放空自己，把自己置零，只有这样，才能轻装上阵，赶赴下一座桥。每天清晨，把自己的心打扫得像一间清空的、敞亮的小屋，以喜悦的心情迎接从窗口进来的第一缕阳光，朝气蓬勃地开始新一天的生活。

祖母的雨伞

大学新生报到的日子,一边是迎,一边是送。我很能体会家长们的心情,从此只有寒暑,没有春秋。上大学是一个人成长过程中的里程碑,过了这个点,孩子们逐渐走向独立,走向成熟。虽说是人生必经之路,也是可喜可贺的,但毕竟要离开朝夕相处的父母、家庭、中学母校和故乡,怅然之情在所难免。

这让我回忆起当年离开老家去美国留学的情景。我的老家在绍兴城里,需要坐火车去上海,从上海搭飞机去美国。行前一周开始准备行李,好像什么东西都要带,一只大箱子装得鼓鼓囊囊的。临走前一天的晚上,我与祖母坐在她房间里。说真的,我心里最放不下的就是我的祖母,我从小跟她在一起的时间最多,可以说是由她抚养长大的,这一去不知道什么时候才能回来,心里很不是滋味。我坐在她对面,也没有看她,只是对她说:"我会好好照顾好自己,你尽管放心。"她拿出自己箱子底下的一个小布包袱,打开后,里面有一些现金,数了一数,记得是五十四元多一点,因为她常年在家打理家事,几乎没有什么收入,这可能是她所有的积蓄,也不知道她是怎么存了这些钱。她说要让我带五十元走,自己留着剩下的零钱就足够了。我知道这些钱在美国根本算不上什么,坚持让她留着,但最后还是拗不过她。她还是把钱装进了我的包里。

第二天清晨,祖母很早就起床了。老家总是这样,祖母起床后,老家的屋顶上就升起了炊烟,整个家也开始醒了。我们兄妹几个陆陆续续下楼,这时候,祖母已经在八仙桌上摆好了"盐汤"(就是用温开水冲的盐水)。每天清晨,我们都先喝一碗盐汤,然后开始洗漱和早餐。我的一位同学借来一辆三轮车,把我的大箱子放在上面,我对祖母说:"我要走了。"祖母跟着我走了一会儿,自己默默地说:"我大概是看不到你回来了。"我连忙说:"不会的。"她又慢慢地说:"不要紧,男子汉,跑码头闯天下,不要管我。"她说得很平静,也没有流泪,但我知道她这几句话是想了很多遍才终于说出口的。她默默地跟着我们送到路口，我们让她不要再送了，她才停下了脚步。

三轮车走了一段路，我回头看见祖母还站在那里。眼看我们就要转弯了，很快就再也看不见她了，她突然叫了一声，挥了一下手，让我们停下来。只见她急匆匆地折回家里，出来的时候手里拿了把雨伞，是一把折叠的布伞，在当时可是时髦的玩意儿。她急匆匆地追上来说："把伞带上吧！"我想这并不是什么要紧的东西，可以不用带的，但还是接了过来。她又叮嘱了几句之后，我们再次启程，车转过路口向着火车站去了。

我知道雨伞在美国没什么用，我也知道那天天气很好，路上用不到雨伞，她递给我这把雨伞不过是想再看一看我，不希望我离开得那么快！人生有时候就是这样，很希望突然之间，时间能够停下来，等一会儿再走。

祖母是我的第一位老师。我记得很清楚，在我上幼儿园之前，有一天上午，祖母在台门口的石板地上搬来一只大木桶洗衣服，那时洗衣服都是用肥皂，所以木桶里的肥皂水有很多泡沫，我就在旁边玩肥皂泡泡。我用肥皂水在地上写了一个"6"字，我问祖母，我经常看到人家写这个字，这是什么意思?祖母说,这是个数字,是"6",然后她就顺便给我讲了"1、2、3、4……9"。我那时觉得很兴奋,觉得很好玩,我又写了一个"9"字,因为那是"6"倒过来的样子,只可惜"9"并不是"6"的两倍。我也很喜欢"2"字的写法,但又觉得奇怪"5"为什么不是把"2"字倒过来写的样子。祖母给我讲了很多东西,有数字的意思,也有用途,比如说,可以计数量,也可以做序数等等。

祖母也是我的第一位书法老师。有一天,她看我用毛笔在报纸上写来写去,很快报纸就写完了。为了让我有办法可以练字,她就去水井旁的一个台阶上取来一块多余的"地坪",其实就是一种青砖,方方正正的,也很平整。她对我说:"你现在可以写毛笔字了,清水写,一下子就干了,这样不用纸,不用墨,可以一直写下去。"这块地坪我用了十几年,一到房间就想要拿起笔来写一下,而一上手写,就停不下来。所以我与书法的缘分与地坪分不开,而地坪是祖母给的。祖母看我不停地写字,很高兴,时不时会走过来夸奖我一下,"这个字写得好。"她的欣赏是以"稳"为主,只要稳的字,她都很喜欢。

因为童年时一直与祖母在一起,所以我和祖母的感情特

别深,也正因如此,离开家乡时我对祖母的依恋就更强烈。那天在火车上,飞机上,我还想着祖母,想着祖母的那把雨伞。现在回想起来,祖母就是我童年的一把雨伞,有了她,就不怕风吹雨打。记得"文革"中,红卫兵来家里抄家,黑夜里恐怖极了。父母都不在家,祖母就是这样,一个人挡着一大群红卫兵,身后是我们四个小孩。多少风风雨雨,她都是这样平静地对我们说:"没什么事,马上都会过去的。"

祖母这把伞有爱,也有原则。有一次,一位乡下来的远亲到我家来,他说现在家里很穷,又是饥荒年,吃饭都有问题,所以已经让他儿子从学校退学了,好去赚点钱补贴家用。我记得祖母听完他的话,问道:"你们家睡觉有床吗?"那人说:"有,木板床。"祖母说:"我要是你,就是把木床卖掉,也会让孩子继续读书。孩子读书是一辈子的事。"记得那天我坐在地上,听他们说话。地上脏,我垫了一张旧报纸在屁股底下,祖母很严厉地说:"站起来,报纸是不能垫屁股的,所有字纸(绍兴人称有文字的纸为"字纸")都不能垫屁股。"我后来逐渐明白,那是一种对文字、对读书、对知识的尊重。只有当我们对知识和文化有崇敬感的时候,才会有真正意义上的文明社会,才会有真正意义上的知识分子。

祖母的雨伞

很多事情祖母都让我自己试着去做，读书、买菜、做饭甚至缝补衣服。每天晚上，她都讲故事给我听，但有时候，她没有新的故事讲了，就会说，你不是在看书吗，你能不能把书上的故事讲给我听？于是，我常常把我读过的书上的故事讲给她听，因而我读书的热情很高，记得也很认真。有人来信时，她也总是让我先看，然后念给她听，虽然她是识字的，但她总是找机会给我练习。她处处让我自己先去做，而且总相信我能做到最好。有很多次，学校考试后，同学们都在我家议论这次考试题目如何难，祖母从来不出声，从不问我考得怎样。有一次，我忍不住问她："你怎么不问我考得怎么样？"她说："我相信你一定考得好。"她就是这样，永远最相信我，这种信任和鼓励一直是我努力学习和工作的动力。

祖母是我童年的一把雨伞，是一把不大不小、正好合适的雨伞。雨伞，其实不宜太大，太大了会成为一种不必要的"保护伞"，或者成为年轻人赖以生存的"靠山"。许多高干子弟和富二代，或者家里并不很富裕，只是家长特别疼爱，有人称之为"穷人富养"的孩子，大多都会出现这样的问题。父母什么都给子女包办了，代替他们去做所有事情，这样一来，子女们就失去了成长的机会。这样的家长在现时独生子女的环境下尤为普遍。前些年我的一位朋友向我咨询她儿子去哪儿上大学合适。我实言相告,她说的两所大学都不很合适。她问:"这两所大学有什么问题?"我说:"因为这两所大学都在你住的城市里。"她的儿子如果继续在她身边生活下去,我看很难会有独立成长的空间。

父母和家长对于子女,学校和老师对于学生,很像是一把雨伞。教育是否合适,全在于雨伞的大小是否适宜。太小了,子女或学生会过早地受到伤害打击,可能一蹶不振,在幼小的心灵留下阴影;但太大了,对子女和学生是一种溺爱,使他无法经受哪怕是一点点的风吹雨打,这在现今独生子女家庭尤为突出。

尽量把这把雨伞做得大一点,尽量多给子女一些庇护,似乎是很多家长的心愿。虽然在理智上都明白不能溺爱子女,但感情上总想尽最大努力来照顾正在长大,或者已经长大的子女。这种状态使我们的年轻一代缺失了很多磨炼自己心志的机会,缺失了一个年轻人应该有的拼搏奋斗精神。有位医生朋友一直对我讲:"人不能生活在太干净的世界上。"因为太干净,人的免疫能力就会下降。同样,一个年轻人一直生活在安逸单一的环境里,就会缺乏坚韧的毅力和包容的涵养。

祖母的雨伞

人生就像走一条山路,做父母的,把孩子送到山脚下,送上一把不大不小的雨伞就足够了。没有必要,也不可能陪着孩子走完山路。山路,还是要靠孩子自己去走,去闯,去走出缤纷灿烂的新世界。

我很幸运,有祖母这把最好的雨伞。她给我爱,给我信任,给我独立锻炼的空间。所以当一位记者问我:"你的一生中对你影响最大的人是谁?"我毫不犹豫地说:"是我的祖母。"

祖母,我真希望您能看到这篇文章!

藏在书里的酱油

开学了,又迎来一批年轻教师,与他们聊聊上课的经历十分有趣,不禁让我回忆起我教书生涯中最初的一段时光。

我在上大学之前曾在一间乡村小学里当代课老师。这所小学是当地比较好的学校,在当时教学活动不能正常进行的情况下,学校还兼有培养初中生的任务,这在当时叫做"戴帽"初中。我在那里主要教数学和英语,但在当时哪科缺老师我们就要给哪科代课,所以几乎所有课都要上。刚开始上课的时候,在一节初一的数学课上,有一件事让我印象特别深。

那个班是有名的"乱"班,走进教室,几乎所有人都在吵闹,有的甚至还站在桌上、椅子上手舞足蹈,完全不像上课的样子。我站了大概半分钟,我想这样的课怎么上?于是我大声地说:"你们现在好像不大想上课,不如你们先把话说完,我在隔壁房间等你们,什么时候你们把话讲完了,来叫我一声。"于是我把讲义一夹,走到了隔壁房间,那是一个小小的老师休息室,我就在那里与一位同事下棋。

下了大概十五分钟的样子,我回到教室看了看,学生一看到我进来,声音立刻小了很多,没有人在椅子、桌子上胡闹了,但还是有人在说话。我开口道:"你们讲完话了吗?"教室里窸窸窣窣,还是没有完全安静下来,我说:"这样吧,我再等你们一会儿。"于是我又回到休息室继续下棋。又等了十五分钟,我重新拿起讲义夹,走到隔壁教室里,霎时教室里鸦雀无声。我说:"你们好像讲完了,那我们就开始上课吧。"我就这样在剩下的十五分钟里把那堂课讲完了,而且感觉讲得还不错。

这堂课给了我两个启示。其一,上课是要有规矩的,这个规矩一点也不能妥协,只有在有规矩的情况下,学生们在课堂上才有注意力,有了注意力,才有教学的效果。其二,上课只要老师能调动足够的注意力,在很短的时候内照样可以把课上完。一堂四十五分钟的课,其实要讲的内容大概也就在十五分钟左右,但通常情况下需要维持秩序、调动课堂气氛等等,拉拉扯扯也就讲完了四十五分钟的时间。

对于第二点，很值得深入讨论一下。有经验的老师可能都知道，六十分钟的内容是可以用三十分钟讲完的。因为讲的内容，其根本的精华部分，其实并不太多。所以，做老师的应该牢牢把握哪些是最基本的内容，然后用最简洁的方法把它表达出来。而做学生的呢，也是类似。听课或者读书的学问，是如何从一堂大课或者一本厚厚的书中提炼出那些真正精华的部分。

就说一本书吧，你如果能仔细咀嚼一下其中的内容，精华不过是几页纸的长短。其余的大部分内容是什么呢？一类内容是"背景"，交待问题的来由、意义等等，这些材料对作者来说好像都应该讲，但对读者来讲大多已有所知，无须太多留意；另一类内容是"解释"，诠释，过程，推理，举例的内容，这是为了帮助读者认识其原理，否则可能会看不懂；还有一类内容是"废话"。"废话"分为两种，一种是"有用的废话"，一种是"无用的废话"。从定义上讲，"废话"就是无用的，但我发现有些废话好像还是有用的，比如说："在某某领导的大力支持下"等表示感谢的内容。在科学技术类论文中，你有时会发现其中引用了大量的数字，仔细一看，其实这些数字与内容没有太多关系，也不一定是作者的功劳；

在人文社科类的著作中,有的作者会大量引用历史上的大人物的语录和经典,可能是想让读者感到更加可信。对于这些内容,读者大可略去,只顾其关键内容。

读书,最为关键的是要掌握什么才是这本书中的"浓缩精华"。要了解这个道理,我们不妨来看看写书的过程。写书之前,作者会把要写的内容纲要列出来,然后把每一条纲要扩展为几页纸的关键描述,这些描述就构成了书的每一个篇章。再进一步,把每一篇章的内容加上背景材料、应用案例和结论意义。你看,一本书其实就是从一页纸的纲要一点一点地稀释出来的,广东话叫做"吹水"。书就是这么"吹"出来的。这就像我们厨房里的酱油,只用了一点点,然后加了一大杯水,泡成了"汤"。这碗"汤"就是我们在看的"书",而读书则是反其道而行之,读书的过程,就是如何从这碗"汤"里提炼出那点浓缩的"酱油"。

是的,每一本书里都藏着"酱油",所以我每读一本书时,都要不时地问自己:"这本书中的'酱油'藏在哪里?"有时找得到,有时找不到。最好玩的是,作者死命不会告诉你他的"酱油"藏在哪里,所以你只好自己努力去找。找到了"酱油",就算掌握了这本书的要旨。找不到呢,这本书就算

藏在书里的酱油

白读了!

有学生常常问我:"读书的技巧是什么?"我也不知道如何回答。我只知道,读书不在于多,就像交朋友一样,并非越多越好。读书不在于快,就像吃东西一样,狼吞虎咽不利于消化。读书也未必一定要按照名人所推荐的那些书去阅读,每个人的情况不同,刻意不得。前一阵在北京的星巴克碰到一位年轻朋友,说想学徐渭的书画艺术。看他左手拿着咖啡,右手握着苹果手机,我想他很难体会在贫困潦倒中被人逼得半疯半癫的徐渭,又如何可以企及他的艺术境界呢?凡事不能刻意,读书亦如此。

如果一定要问读书的技巧,我可以提供的一点建议,就是对于那些你认为应该精读的书,一定要把它读"薄"。愈薄愈好,最好薄到一页纸(以上这句话就是本文的"酱油")。每读一本书,试着去读薄它,有时候必须翻来覆去地读,就像古人所说的"韦编三绝"。当你逐渐搞清楚这本书的内容时,你会发现厚厚的一本大书,其实不过是几页纸,有时候甚至只有一页纸的重要内容罢了。这个时候,你就会豁然开朗,就像看到作者在文字间对你神秘一笑,有一种顿悟的感觉。

我做学生的时候,常常用这个办法对付考试。考试前几天,把课本,连同讲义、笔记和作业(已经老师批改)放在书桌的左边,右边放一张白纸,把左边的材料从头仔细看下去,看到我认为最重要的内容或者容易混淆的内容,就在右边的纸上记下来(把它尽量记得挤一点,占用很小的空间)。这样一直看下去,直到把课本看完,完成了整门功课的复习,最重要的内容全部已经整理在右边的白纸上了。如果整理的重要内容仍是几页纸,我会再把它放在左边,右边另放一张白纸,继续这一过程,把最重要的内容写在右边,直到右边整理的那张纸上的内容只有大概半页纸的长短。这个时候,我会再认真地研究这半页纸上的内容,在考试之前的半小时里,再看一看它,然后就进考场。进考场时我是很有信心的,因为我知道我掌握了这门课最重要的内容。

现代的书籍越来越多,电子阅读更是五花八门,但这并不意味着阅读的质量会有所提高。人的精力是有限的,国外有句名言:"让对手死去的最好的办法是给他提供无穷无尽的信息。"让他在书海里死去吧!这并不是一句玩笑话,叔本华也说过:"读好书的先决条件是不读坏书,因为人的寿命有限。"在书海里死去的不是少数,这就说明读书要有选择,要注意精读。愈是浮躁的时候,愈要相信诚实厚道的人会有更多机会；而愈是贪求快速的世界，愈会有追求精良质素者的天地。读书，写书，做事，做学问，都是如此。

读书就像行山，行山的人有三种：一种人是心血来潮、匆匆忙忙去行山，也不找山路，胡乱走了一会儿，倦了，就停下来了；第二种人是找到了山路，走着走着便忘了自己在爬山，一直不停地在山路上走，却一直走不到山顶；第三种人则是寻着山路，看着路标，一步一步地走向山峰。第一种人看到的是"树"，第二种人看到的是"路"，第三种人看到的才是"山"。读书也是这样，第一种人看到的是"字"，第二种人看到的是"意"，第三种人看到的才是"道"。现代十几年的学校教育主要是教人如何完成从"字"到"意"的过程。这篇小文则想提醒诸位，在此之外，其实还存在另一层次的追求，即从"意"到"道"的过程。

从"意"到"道"是一个"悟"的过程。"道"在本质上是简单的，不像人们所想象的那么复杂。古人云："大道至简。"然而，悟"道"并非易事。把书读薄，找到藏在书里的那份"酱油"，无非是想告诉我们，从浩瀚书海中悟其本质规律与理论是有可能的。

劈柴的学问

在乡村,我最喜欢的风景是黄昏时分的缕缕炊烟。夕阳尚未下山,青山脚下,矮矮的村舍屋顶上就开始飘起白色的、带着原木味清香的炊烟。这炊烟从来不是笔直地向上升去,而是缓缓地、结帮成堆地在山腰上萦绕盘旋。

我刚下乡时特别喜欢独自坐在山坡上,看缕缕炊烟,闻着炊烟那股清香。有时候,路过的农友会提醒我:"该去烧饭了!"这时我才忽然觉得自己的肚子开始饿了,要去烧饭了,我的屋顶上也该起炊烟了。

然而,烧饭却没有看炊烟那么浪漫、那么美好了。

生产队给我造了简陋的房子,里面有灶,可以烧柴和稻草,一日三餐必须自己烧。我搞来两个热水瓶,一般中午或晚上烧一次饭,另外两餐的饭就用热水烫一下应付过去。我

劈柴的学问

来乡下之前也是看过人家烧柴火灶的,但万万没有想到自己烧起来会有这么多麻烦。无论烧柴还是烧稻草,火总是一会儿就熄了,需重新引火,烧旺起来后,一会儿又熄灭了,这样烧一顿米饭总会有十来次熄火的时候,前前后后要花一个多小时。有时中午从田畈回来,肚子正饿,连忙烧饭,但饭总是烧不好,一两个小时后饭烧好了,菜做好了,肚子却不饿了,吃饭的情绪也没有了。更多的时候是,烧了一个多小时了,饭还没烧好,肚子也不饿了,自己对自己说:"今天就算了,咱们不吃了!"

邻居的老大娘发现我常常不烧饭,就过来同我说:"这样不行,长久下来是要得胃病的。"她说完立即坐到灶前,吹一下,把柴或稻草一点一点架起来,于是火就慢慢旺起来了。烧柴火的容易程度与柴劈得怎么样大有关系,劈柴是比烧火更难更重要的事,于是老大娘就开始教我如何劈柴。

我本以为劈柴是件极容易的事,想不到劈了整整半天,只劈了小小的几根,而且粗细很不均匀,不易于烧火。中午时分,老大娘来了,她说:"你来看我怎么劈。"我的天啊!我一看,吓了我老半天,这么矮小瘦弱又佝偻着的老人竟然两下三下就把一根粗壮的木柴劈得停停当当。我问她:"这大概要用很大力气吧?"她说:"不用,但要把力用到口子上。"

"窍门是什么呢?"她说,"很简单,要找准劈柴的位置,要从柴的小头劈起。"

劈柴为什么要从柴的小头劈起呢?一方面是因为柴的小头直径较小,刀刃容易砍进去,而且小头的木质也会松一点,所以容易下手。更重要的是,另外一头是大头,比较粗,劈小头时大头在底部,就很稳定,力使得进去,也不用花力气去平衡木头,劈下去的力更可以直接用在切开木柴上。通常是看准小头下刀的位置,一刀劈下去,劈到柴长度的百分之八十的位置,用手把刀柄轻轻一转,柴的两杈就轻松地分开了,用不了太多力。

我掌握这劈柴的功夫之后,心里高兴极了,那段时间一有空就想劈柴,自己的柴劈完了,就去老大娘家帮她劈柴。那时村里的农友老有东西送我,一碗面条,一袋红薯,或者几个鸡蛋,我也没东西可以回赠他们,所以常常会说:"你们家有柴要劈吗?"把柴劈好,再一捆捆扎好,堆在墙边上,自己看看,蛮有成就感的。有时路过的农友也会夸几句:"这柴是谁劈的?劈得这么整齐!"听了这话,我心里不知有多高兴!

多少年过去了,回想起这段经历仍很感慨。仔细想一下这劈柴的经历,对我们的处事为人,对我们的工作和学习,都很有启示。"劈柴"的第一个启示是,我们做任何事情,首先必须找到一个最佳的切入点。开始从事一项研究也好,开始担任一个新的职务也好,开始处理一宗案件也好,最重要的是确定从哪里下手,明确切入点在哪里。切入点,或者称作突破口,是极其重要的,找准这个突破口是任何事情成功的先决条件。有时对一个研究课题,你会苦思冥想好几个月,一点思路都没有,就像在一个古堡四周绕来绕去,就是进不去,这实质上就是找不到突破口;更多的时候是找错了突破口,于是只好再回到原地。所以,找到了突破口等于成功了一半。

古人讲"居易以俟",就是说在你所要做的事中,选一个容易做的事,从那件事开始做起,以此作为切入点,再去做其他工作,一切就会顺利一点,效率也会高一点。一位做基层领导的朋友,听我讲到这点,兴奋地对我说,他去年在一个小地方做县长,就是按照这个思路,先调查了一番,给自己规划了一个工作清单,先从容易的那件事情做起,效果意想不到的好,大家都很赞赏。因为从容易的事做起,成功的可能性就较大,成功之后自己也会有更大的信心,积累了经验，争取了支持，这些都是可贵的资源，整合这些资源来开展之后较难的工作，相对就容易一点。

有一位从医多年的老中医，我曾经问过他一个问题："对一位身患几种疾病的老人来说，你治病一般先治哪种病？是不是应该先治最主要，或者是最难医的病？"他回答道："这要看情况，通常是从病人的实际情况出发，从比较容易治的那种病下手，先把这个病解决了，改善部分功能。由于人体的各个部分是互相关联的，一个问题改善了，其他问题解决起来也会容易一点。"这种治疗的方法是典型的"居易以俟"的哲学思想。

"劈柴"的第二个启示是，做任何事情"定位"极其重要。无论是一个人，一个公司，还是一个学校，都一样，如果定位不清楚，或者定错了位，失败是迟早的事情。多年前，一个学生来看我，聊了他当时的工作，讲了半天，意思大概是他工作做得不错，很勤勉努力，领导也知道，而且他做的事是公司其他同级别的高管无法做的，但到年终，他发现几乎所有同级的高管都升级了，而他却不仅无份升级，还有可能丢了饭碗，自己总觉得很吃亏。我仔细了解了他的职务和工作性质，询问了他们公司的评价体系和老板的要求，最后同他说:"还是一个定位问题,你努力在做的那些事情不是你应该做的,做得再如何成功也不会有奖赏,因为你份内的工作可能没有做好,重要的不是你努力不努力,而是你的定位有没有定好。"

《中庸》讲"素位而行",意思就是安分地做自己那个位置的工作,位置找准了,就有成功的可能,找偏了,找错了,你尽了最大的努力也枉然。就像劈柴,你找错了位置,从大头劈起,对不起,花最大的力气也只是事倍功半。我碰到很多职场新人,论勤奋,论人品,论才能都是一流的,但就是不清楚自己的定位,有的是一开始很清楚,后来忘记了;有的是始终没有清楚过,所以总是在工作单位很不得志,在我看来根本上就是对自己的定位出了问题。

每个人每到一个地方,无论是公司,还是机关,或者是其他单位,首先必须思考你的定位是什么。你有什么niche(特点)?你是否有这个公司所需要的核心技术?你是否能够为公司找到有价值的客户?你是否能够整合资源,给这个公司带来价值?即使你不是新员工,也应该时刻保持"定位感",时刻提醒自己定位是需要随时改变的,你如果几十年都做差不多同样的事情,你对自己的定位没有变化,而心里老想着提升级别,那怎么可能?做副教授有副教授的定位与职责;做正教授有正教授的定位与职责;做院长有院长的定位与职责。世间的工作无论职位高低、收入多少,不分贵贱,但有一点是共同的,那就是要清楚定位,这样工作才会有起色,才会受到上司下级的尊重。

我在我办公室外面的走廊上挂了一幅字,上面写着"素位而行,无不自在,居易以俟,乐在其中",这对我在劈柴中所学到的学问是一个很好的总结。

前几年春节,我重返四十年前下乡的村庄,特地去找了当年劈柴的地方。当时村里建了两间特殊的小屋给两位知识青年住,我住了其中一间,但它已经不在了。隔壁的那间小屋尚存,小屋旁边是我熟悉的小河,河边斑驳的石灰墙正是我当年堆放一捆捆木柴的地方。教我劈柴的邻居老大娘和她在另外一边的排屋都早已不在了,但排屋后面的那条大江和江上那迎风摇曳的芦苇还在。江的对面,还能看到青山腰里的缕缕炊烟,睹物思故,许许多多的往事就像珍珠一样,一颗一颗鲜活地跳了出来……那苦难的岁月,不仅让我学会了劈柴、放牛、种田,也让我理解了生活的真正意义和处事为人的许多准则。

野百合也有春天

前几天,有位毕业班的同学给我发来微信,说想找我聊一聊。那阵子正忙,我好不容易挤出半个小时的时间给她,我说:"你来吧,但请准备好,有什么事抓紧说,因为我时间不多。"那天,她来时已经接近中午,一进我办公室,坐下后的第一句话就是:"校长,我的人生还能走下去吗?"我心里一沉,心想:"发生了什么事了?"这位同学我虽不很熟悉,但我在学校各种活动中经常看到她的身影,是位有才华、有活力、有人缘的同学,在我心目中是这届毕业生中非常优秀的同学之一。仔细一问,原来还是因为学习成绩稍微低了一点,看到别的同学都相继申请到了很多名牌大学的研究生或是国际大公司的职位,总觉得自己不如人家,对未来感到很渺茫。

于是我花了很长时间来开导她,给她讲了几个我从前遇到过的学生的故事,直到她脸上慢慢露出了一丝笑容。其实每个人都有自己的弱点,过分关注自己的弱点,会夸大这个弱点对自己的影响,从而对自己失却信心,但从长远来看,这个弱点或许是极其微不足道的东西。

很多年前,我曾在农村的一所学校里教书,给初一、初二年级教数学和英语。有一天上午课间时间,我们几个老师都在办公室,一位男同学急匆匆地闯进来,大叫着:"有人要跳楼自杀了!"我们连忙跟着他跑出去,看到在不远处的栏杆旁站着一位女生,是初二班里的 B 同学。B 同学很文静,学习虽然不是最拔尖的,但也还不错,是个很懂事的孩子,对老师很有礼貌。一位老师冲上前去把她拉住,她也没有挣扎,很顺从地被拉进了办公室。我想她可能也不是真的要去自杀,但神情还是很恍惚,看来精神上受了什么打击。他们班的 C 老师是一位很有耐心的老教师,就让她留在办公室慢慢地开导她。

中午吃饭时,C 老师还在办公室里和她谈话,但也找不出什么原因,B 同学始终不说话。午饭后,C 老师让她坐在他旁边的椅子上继续聊。我的桌子就在 C 老师旁边,因而我能听到他们在谈些什么。那天的阳光很好,照在我脸上暖洋洋的,窗台上的知了大声地叫着,我听着听着,不知不觉就睡着了。

等我醒来时,隐隐约约听到他们的谈话好像有了进展,我不禁竖起耳朵,发现事情原来是这样的:这位女生喜欢上了班上的一位男同学,但是那位男同学并不在意,后来她发现这位男同学喜欢另一位女生,因为他喜欢留长发的女孩子,而她是短发的。我闭着眼睛听他们说话,心里觉得又好气又好笑,这孩子为这么一件事要闹自杀,真是犯不着。C老师对她讲了很多大道理,"你年纪还小,学习是最重要的,以后可以找到更好的男生……"但是好像还是说服不了这位B同学。听到这里,我真有点忍不住了,睁开眼睛冒出一句话来:"你这短头发是可以长的呀,过几个月就会变成长头发的呀!"他们两位都吃了一惊,接着,B同学紧紧地盯着我看了很久。下午的课开始的时候,她主动说:"我想通了,不会闹了,我想回教室去上课了。"

事后我想,这孩子怎么会这么笨呀!连头发是会长起来的都不知道。但过后想来,可能并非那么简单,人,尤其是青少年,一旦碰到挫折和失败,就倾向于把这个失败的影响力推到极端,无穷地放大,放大成自己人生最重要的事情。这种放大,是一种凝固式的放大,看不到事物都是在变化的。看不远,看不宽,会把自己锁在那个放大了的失败里面,走不出来，于是就产生了许多傻想法，再极端一点的就会去寻短见。

那么，如何才能从这个死循环中走出来呢？我在美国教书时遇到过这样一位学生，我们就叫他D同学吧！D同学来自纽约州北部，非常出色，大三的时候上我的课，后来一直跟我在实验室做senior project（毕业论文）。他是我们学院那一届里最好的学生之一，不仅理解能力好，编程快，动手能力强，而且性格特别好，总是乐呵呵的，同学老师们都很喜欢他。他对我讲，他有四辆车（一个在校的本科生有四辆车，对我们的学生来说恐怕是无法想象的），都是朋友给他的旧车，常常是朋友的旧车坏了，他帮他们修好，朋友就说反正他们家的车多，你就拿去用吧。我说你要那么多车干什么？他说，其实这四辆车都是不一样的，比如说，他有一辆大卡车可以载货，朋友们每年都要换宿舍，要搬家，他就可以用这辆车去帮他们搬家。另外，朋友的车常常会有"罚单"，但又穷得付不了那么多罚款，他就会把他多余的车牌给朋友们用，这样朋友们就可以继续开车而不用担心付罚款的问题了。明显地，他是个处处为朋友着想的乐天派同学。

有一天晚上，我们都在实验室为第二天一个重要的项目评审做准备。晚饭的时候，一位学生不小心把实验室里的装置摔坏了,机器人在空间实验室里发疯一样地乱撞,我连忙让大家切断电源。这个时候离第二天的正式展示时间只剩下不到十个小时了,想到我们会在那么多重要人物面前出丑,心里很是着急。这时候,D同学去外面端了一杯咖啡,送到我面前,笑眯眯地说:"请您放心,我们一定能够把它恢复!"我疑惑地看着他,心里想:"这位年纪轻轻、本科还未毕业的学生,是什么原因让他这么镇定、这么自信的呢?"

这件事过后,我请他吃饭,问他:"你的性格怎么会这么好呢?"他慢慢地说:"其实我曾经是一个很自闭的人,有过两次自杀的经历,都是在医院里抢救回来的。"他给我讲了他童年的故事。第一次自杀发生在他父母闹离婚的时候,晚上吵得睡不着,半夜里仿佛听到父母在争论,离婚的原因是由于他的存在。他想,我怎么这么倒霉,我的出生为父母带来这么大的不幸,还不如不要活下去的好,于是去偷了母亲的安眠药;第二次发生在若干年后,母亲决定改嫁的时候,他觉得身边唯一的亲人也要抛弃他,觉得自己在这个世界是那么多余,于是就去寻短见。

他是从读寄宿中学的时候开始走出童年阴影的。他突然发现,这个世界除了自己的家人以外,还有那么多人,那么多爱着他、关心他的人存在。他开始与宿舍里的人交朋友,与老师交朋友,开始去做很多志愿者的工作,开始感到自己是有用的,能够帮助很多朋友解决他们不能解决的问题。

是的,为什么人在挫折失败的时候会感到悲哀,以至于轻生呢?我想这主要的原因是"看不远"。那位B同学是因为在时间轴上看不远,看不到自己的头发还会长长的,D同学是因为在空间轴上看不远,看不到除了他家里人以外世界上还有更多的人、更精彩的事。

人生是漫长的,远远比我们想象的要长,在这个漫长的旅途中,崎岖、坎坷、曲折是难免的。当我们碰到挫败时,一定要学会向前看、向远看,相信世界是在变化的,春天一定会到来。我们要把自己的衣服整理得干干净净,尊重自己,相信自己,感恩上苍又一次给我们带来成长的机遇。

山坡上的野百合,用不着去羡慕那些在精致典雅的厅堂里摆放着的鲜花。我们只要耐得住寂寞,只要能坚信自己的力量,就一定能够等到春天的到来。

"冬至过后一阳生。"神仙湖的春天来得特别早。我想没有一个冬天不可逾越,也没有一个春天不会到来,我们每一株野百合都会等到一个明媚的春天!

拍手

一年一度的毕业典礼，如果没有其他重要活动，我一般都会去参加，不是因为喜欢热闹，主要是想为学生们喝彩。大学生们寒窗四年，终于熬来一个毕业纪念日，不容易。如果有我的博士生毕业，我更觉得应该来为他们见证这个历史时刻。何况，有时名誉博士的讲演极为精彩，也是听听这些智者宏论的大好机会。

每一位毕业生上台，在台上就座的我们，都要拍手鼓掌以示祝贺。一开始还行，等到五百名之后，实在有点闷（boring），初时响亮的掌声不再了，有时稀稀拉拉，有时前后不一，坐在台上的我，此时甚感不安，一个偌大的台上只有两三个人在拍手……于是我对自己说，我必须继续拍下去，否则场面很尴尬。

拍啊拍，单调沉闷中我有时会环顾一下台上其他教授们，究竟还有谁仍然在拍手？几次观察之后，有一个奇妙的发现：凡是一直在拍手的人，大都红光满面，神采飞扬，至少看起来身体强健，跟年龄似乎无关。我心里不禁想，哎呀！拍手还是一个很好的锻炼呀！于是继续拍手，为那些毕业生们鼓掌喝彩。

后来，偶然在书店看到一本书，名叫《拍手治百病》，是一位名中医多年诊疗的经验心得。翻了一下，大致的意思是十指连心，生命的岁月就在人的手掌之中。手掌连结心包经、肺经、心经、大肠经、小肠经、三焦经等许多经络。每天拍打，使全身的经络通畅、气血通畅，可以改善心肺神经功能，也有益于调节消化呼吸系统，提高免疫力。乾隆皇帝曾经有一首诗："掌上旋日月，时光欲倒流，周身气血清，何年是白头？"不用太深的医学知识，我已十分臣服，恨不早读此书。

想来十分奇妙，当我们努力拍手为人家的成功喝彩的时候，自己也会倍有裨益。这大概就是"仁者寿"的道理，怀有仁爱之心、胸怀宽广的人容易健康长寿。

后来大概是因为年岁增添、资历加深的缘故，需要在不同场合拍手的机会也越来越多，有时几乎觉得拍手也成了一

种"工作"。无论是为人捧场，抑或工作需要，端坐台上，于众人当中，无需讲话，也无需表演，只是"拍手"，为领奖的人们拍手，为精彩的发言拍手，为重要人物的亮相拍手……

以前有人讲，人的一生中要做两种工作，一是要"演戏"，不论是做经理、科长，还是做老师、校长，都要进入角色，有时演主角，有时演配角，有时演丑角，都要努力演好；二要"看戏"，人不能总是演戏，那太累了，看看人家演戏也很不错。但看戏要有好的心态，不要指手画脚，要努力做好"观众"。我现在发现，还有第三种工作，那就是我前面讲的"拍手"。拍手者，既不演戏，又不看戏。但也可以说既在演戏，又在看戏。有时觉得很闷，有时也觉得很值。人家付你工资，你无需动脑、费体力，只要"拍手"，这还不合算？所以，拍手者，于身、于心、于人、于己，都有益！

我在乡下务农时，参加村里一个建筑队去省城修建房子和围墙，我在那里做最底层的建筑小工。那是个闷热的夏天，有时可以在阴凉的巷里石阶上坐一会儿。偶然中发现街旁有一个很雅致的书房，书房的主人大概比我大十来岁，总是低着头在看书。出于对书的渴望，我常常盯着书房看，不久，那个书房的主人也注意到了我，邀请我到他书房里坐一坐。

拍手

迈进他书房的时候,我呆住了,这书房的主人没有下肢……但他那么乐观地追求学问,实在让我感慨不已。就这样我们时常聚在他的书房中聊哲学、聊文学、聊科学、聊建筑……离别那天我去找他,他不在家,可能去医院了,我就写了张纸条塞进他房间。回到乡下后,我收到他的来信,我还记得在信的结尾他是这么写的:"记住,你是一位有前途的年轻人,虽然我没有腿,但我有手,我要用我的双手为你拍手喝彩……"在我最艰难的日子里,在我最需要鼓励的时候,是这位没有腿只有一双手的人为我拍手喝彩的。

人是需要鼓励的。在这个世界上,每个人都需要喝彩。如果你的人生无人喝彩,请不要悲伤,不要怀疑,从今天起,开始为别人拍手喝彩,为别人点赞,如果我们经常为别人拍手,离别人为我们拍手的日子就不远了。

图书在版编目(CIP)数据

摆渡人 / 徐扬生著. —— 深圳：深圳出版社，
2018.6 (2025.6重印)
ISBN 978-7-5507-2411-2

Ⅰ.①摆… Ⅱ.①徐… Ⅲ.①散文集—中国—当代
Ⅳ.①I267

中国国家版本馆CIP数据核字(2023)第118189号

摆渡人
BAIDU REN

责任编辑	林凌珠
责任校对	陈　军
责任技编	梁立新
封面题字	徐扬生
摄影插图	徐扬生
封面设计	广　岛

出版发行	深圳出版社
地　　址	深圳市彩田南路海天大厦(518033)
网　　址	www.htph.com.cn
订购电话	0755-83460239（邮购、团购）
设计制作	深圳市龙瀚文化传播有限公司（0755-33133493）
印　　刷	深圳市华信图文印务有限公司
开　　本	787mm×1092mm　1/32
印　　张	8.5
字　　数	150千
版　　次	2018年6月第1版
印　　次	2025年6月第12次
定　　价	48.00元

版权所有，侵权必究。凡有印装质量问题，我社负责调换。
法律顾问：苑景会律师 502039234@qq.com